I0640732

M. S. Schwarz

Die Wittwe und ihre Kinder

Erster Band

M. S. Schwarz

Die Wittwe und ihre Kinder
Erster Band

ISBN/EAN: 9783741125171

Hergestellt in Europa, USA, Kanada, Australien, Japan

Cover: Foto ©Andreas Hilbeck / pixelio.de

Manufactured and distributed by brebook publishing software
(www.brebook.com)

M. S. Schwarz

Die Wittwe und ihre Kinder

Ausgewählte Werke

von

Frau M. S. Schwartz.

———

Aus dem Schwedischen.

~~~~~~~~~~~~

Stuttgart.
Franckh'sche Verlagshandlung.
1864.

Die Wittwe und ihre Kinder.

Von

Marie Sophie Schwartz.

Aus dem Schwedischen

von

Dr. C. Büchele.

Erster Band.

Willst du erkennen deine Pflicht,
Brauchst nur dein Herz zu fragen.
Gyllenborg.

Stuttgart.
Franckh'sche Verlagshandlung.
1864.

Einleitung.

In bem Stäbtchen Westerköping war eine kleine Gesellschaft von Frauen bei der Doctorin Rolin zu einem sogenannten Kaffeekränzchen versammelt. Man schlürfte in allerschönster Ruhe den aromatischen Trank und machte, wie gewöhnlich, kleine Glossen über seine Nebenmenschen.

„Aber es ist doch etwas Sonderbares mit der Kapitänin Ulrici," bemerkte die Pastorin D. „Ich kann mich von meinem Erstaunen und Argwohn in Bezug auf das Mädchen nicht erholen. Das geht doch nie mit rechten Dingen zu.

„Ich bin ganz berselben Meinung," warf die Bürgermeisterin E. ein. „Ich war ja noch kurz vor bes Mannes Tob oben, und ba fiel mir wenigstens Nichts auf."

„Und drei Wochen hernach wurde doch das Kind geboren," sprach mit großem Ernst die Staträthin H.

„Es wird sich balb zeigen, baß das Mädchen ein untergeschobenes Kind ist," sagte die Doctorin.

„So benke ich auch. Irgend ein vornehmes Kind, das man vor der Welt verbergen will, und das Nina Ulrici gegen Bezahlung für ihr eigenes ausgibt," nahm die Bürgermeisterin wieder das Wort.

„Aber das wäre ja ein schändlicher Betrug," rief die Stadträthin, „wenn man auf solche Weise die Menschen irre leiten wollte, und das Gericht sollte sich in die Sache legen und —"

„Ja, da magst Du zusehen," unterbrach sie die Doctorin kopfnickend. „Diese Nina Ulrici hat alle unsere Männer so in der Hand, daß dieselben Alles thun, was sie will. Gott behüte, es heißt: ‚Sie ist so unglücklich gewesen; — sie ist ein wahrer Engel u. s. w.‘ „Ich meines Theils habe sie niemals leiden können, und halte sie für ein listiges Weibsstück, eine tüchtige Ränkeschmiedin, welche die Rolle der Demüthigen spielt, um alle Herzen auf ihre Seite zu bringen. Auch ist ja der Bürgermeister, der Stadtrath H., der Pastor und mein eigener Mann alsbald vereint gewesen, das kleine Mädchen für deren Kind auszugeben; der Taufschein und Alles bezeugt, daß es drei Wochen nach des Kapitäns Tod geboren worden ist."

„Es ist empörend, denken zu müssen, daß ein schönes Gesicht die Männer dazu verleiten kann, mit einer solchen Abenteurerin gemeinsame Sache zu machen," seufzte die Pastorin.

„Du kannst wohl sagen, eine Abenteurerin," fiel die Stadträthin ein, „denn Niemand kann mit Bestimmtheit sagen, woher sie eigentlich kommt, oder was sie gewesen ist, ehe sie den verstorbenen Kapitän dahin zu bringen wußte, ihr seine Hand zu reichen."

„O, das ist mir schon bekannt, auch weiß ich, was sie von Person ist," versicherte die Bürgermeisterin; „und eben darum scheint mir, daß alle die Lobeserhebungen, womit die Herren sie überhäufen, unziemlich sind, da sie allen Grund von der Welt hätte, Gott dafür zu danken, daß der Kapitän Ulrici sie zur Frau nahm. Ich möchte nur wissen, was ohne denselben aus ihr geworden wäre! Im höchsten Grad unschicklich ist es von Männern, welche mit ihren Frauen Vermögen bekommen haben, von denselben zu verlangen, sie sollen ihnen gegenüber ebenso unterwürfig sein, wie eine Person, welche nicht einen Schilling in's Haus mitgebracht hat."

„Ja, im höchsten Grade unbillig," riefen die Frauen im Chor, denn sie hatten alle eine schöne Mitgift in die Ehe gebracht.

„Aber, meine Liebe, von was für einem Menschenschlag ist sie denn eigentlich? fragte die Doctorin.

„Ihre Mutter hatte eine Schule oben in Falköping und war die Wittwe eines kleinen Zollbeamten, welcher sie und ihre Tochter in großer Armuth hinterließ. Sie gewann ihren Lebensunterhalt von der Schule; das reichte aber nicht weiter, als von der Hand in den Mund, wie man zu sagen pflegt. — Der Kapitän, welcher Verwandte in Falköping hatte, machte einen Besuch daselbst, sah das Mädchen, verliebte sich in sie und führte Mamsell Nina Ahlström als seine Frau heim. Nach meiner Ansicht konnte sie niemals für ein so unverdientes Glück dankbar genug sein, und ich vermag nicht zu begreifen, warum man ihre Demuth preisen soll.

Ein so armes Mädchen, das in aller Eile die Frau eines vermöglichen Mannes wurde und zu einem gewissen Rang in der Gesellschaft gelangte —!"

„Aber es soll mit dem hinterlassenen Vermögen des Kapitäns soso stehen, habe ich sagen hören," fiel die Stadträthin ein. „Es sollen beträchtliche Schulden vorhanden sein, und es wird sich am Ende noch fragen, ob sie nicht leer und kahl ausgeht."

„Was Du sagst?" rief die Doctorin mit einer gewissen Schadenfreude; „das gäbe dem Hochmuth der stolzen Dame einen gewaltigen Stoß; — und es geschähe ihr schon recht, denn hochmüthig ist sie von jeher gewesen."

„Ja das ist wahr, und der Kleiderstaat war auch immer zu groß. — Nun, nun, Hochmuth kommt vor dem Fall, und es wäre nicht mehr als gerecht, wenn sie nun wieder Schule halten dürfte," sagte die Pastorin.

„Schlimme Wünsche gehen nicht in Erfüllung, liebe Alte," sprach eine männliche Stimme von der Thüre her.

Die erschreckten Frauen wandten sich schnell um und auf der Schwelle stand der Pastor. Er trat auf sie zu und sagte:

„Es wäre christlicher, wenn Sie Theilnahme für die von Sorgen Heimgesuchte hegten, anstatt sich darüber zu freuen, daß ein unschuldiges und edelmüthiges Weib von Unglück betroffen worden ist. Wer weiß, wann die Reihe an Sie kommt, und ob nicht das Unglück schon morgen an Ihre eigene Thüre klopft! Was übrigens Frau Ulrici betrifft, so steht dieselbe so hoch über Ihnen allen, daß Sie niemals Ihre Stimme gegen dieselbe erheben sollten. — Gewiß ist, daß der Herr, der unsere Tugenden wägt, die junge Frau nicht härter prüfen wird, als es bereits geschehen ist." Die Frauen schwiegen sämmtlich. Sie kannten den Pastor und wußten, daß er sehr streng sein konnte, wenn man ihm Anlaß zum Zorn gab.

Da wir nun nicht hoffen dürfen, von dem Geklatsche noch mehr zu profitiren, wenn wir der kleinen Gesellschaft länger zuhören, so wollen wir uns statt dessen zu dem Gegenstand von allem diesem Tadel, dieser Mißgunst und diesen schlimmen Wünschen versetzen und mit der Kapitänin Ulrici persönliche Bekanntschaft machen.

———

In einem schönen und stattlichen Hause am Markte finden wir an demselben Nachmittag die hinterlassene Wittwe des Kapitäns Ulrici in einem kleinen Kabinet, mit einem jungen Mann von dreißig Jahren im Gespräch begriffen.

Die Kapitänin Nina Ulrici war eine hochgewachsene, schlanke Dame, noch im Sommer des Lebens und in ihrer vollen Schönheit. Sie konnte höchstens vierundzwanzig Jahre alt sein.

Ihr Angesicht war mehr einnehmend, als regelmäßig schön. Die dunkeln, großen Augen, mit ihrer unbestimmten Farbe, hatten einen ernsten, melan-

cholischen und seelenvollen Ausdruck und verliehen
dem ovalen Antlitz mit der hohen Stirn einen in-
telligenten und zugleich milden Ausdruck. Man las
in diesen Zügen, daß der Geist, welcher in der irbi-
schen Hülle wohnte, starker und reicher Natur war.
Die blendende Hautfarbe, das üppige, dunkle
Haar, der schöne Wuchs — Alles hatte dazu beigetragen, ihr das Prädikat der Schönheit zu ver-
leihen, und machte sie in der kleinen Stadt Westerköping zu einem Gegenstand der Bewunderung für
die Männer, des Neides für die Frauen.
Sie war jetzt in tiefe Trauer gekleidet, welche
ihrer sonst frischen Farbe Abbruch that und auf die
Rosen der Wangen einen bleichen Schatten warf.
Die junge Wittwe saß in dem obenerwähnten
Kabinet, in eine Ecke des Sopha's zurückgelehnt,
die andere hatte der vorbemerkte junge Mann ein-
genommen. Auch er war schwarz gekleidet.
„Nun, Gotthard, habe ich Dir Alles auseinan-
dergesetzt, was diese Angelegenheit betrifft. Sage
mir aufrichtig: habe ich recht gehandelt?“
Diese Worte waren von Nina an ihren Schwager, Gotthard Ulrici, gerichtet.
„Recht, Nina, das wäre viel zu wenig gesagt.
Du hast hochherzig gehandelt. Ich kann Dich nur
bewundern und mich selbst fragen: war er es wohl
werth, daß Du solche Nachsicht mit seinen Schwach-
heiten hattest, daß Du so gewissenhaft die allge-
meine Achtung seinem Andenken zu bewahren such-
test, diesem Mann ohne Herz und ohne —“.
„Schweige, Gotthard, und bedenke, daß die Fehler des Todten mit ihm gleichfalls todt sind. Nicht

barfst Du, sein Bruder, nicht darf ich, seine Wittwe,
ihn so streng beurtheilen."

„Nein, wir beide, Du und ich, haben insbeson-
dere Grund, schonend mit ihm zu verfahren," rief
Gotthard bitter, indem er aufstand und im Zimmer
auf und abging. „Wir, die er so glücklich gemacht
hat, wir haben ja allen Grund von der Welt, zu
versichern, daß er ein edler Mensch gewesen. Nina,
Nina, was hat er uns nicht geraubt? Nenne mir
eine einzige Tugend von diesem Mann, welcher
sieben Jahre lang das Leben zu einer Hölle für
Dich gemacht hat. Sage mir eine einzige gute
Eigenschaft von diesem Bruder, gegen welchen ich
noch im Grabe einen unversöhnlichen Groll em-
pfinde."

„Wenn Du in diesem heftigen und aufgeregten
Ton fortfährst und in Deiner Erinnerung unaufhörlich die Vergangenheit zurückrufst, so muß ich, mein
Lieber, bedauern, daß ich, nach einer Trennung von
sieben Jahren, Dich als Verwandten und Freund
gebeten habe, mich zu besuchen," sagte Nina sorgen-
voll, aber mit Milde. „Und doch, wie sehr bedarf
ich jetzt eines Freundes und einer Stütze!"

„Ach Nina, vergib mir meine aufgeregten Gefühle. Vergib, daß das Verflossene mit allen seinen
bittern Erinnerungen mich bestürmt und mein Inneres
in Aufruhr setzt. O daß ich diese Vergangenheit
vergessen und aus meiner Seele tilgen könnte! —
aber ich vermag es nicht."

Gotthard warf sich wieder in die Ecke des
Sopha's. Eine weiße, kleine Hand legte sich auf
seine Schulter, und eine sanfte Stimme flüsterte:

„Die Vergangenheit kann nicht getilgt werden, aber unsere Pflicht ist es, erlittenes Unrecht zu vergessen. Ich habe vergessen und vergeben; sollte es wohl Dir, einem Mann, an der Kraft und dem Willen gebrechen, Deinen Kummer zu bekämpfen, wenn ein schwaches Weib, wie ich, es gethan hat? Willst Du, der so manche Pflichten zu erfüllen hat, Dich kleinmüthigen Klagen überlassen? — Soll das Vergangene, das sich nicht ändern läßt, mich eines Freundes berauben?

Gotthard faßte ihre Hand und drückte sie mit Rührung an seine Lippen.

„Du bist ein Engel, Nina, und ich bin ein — elender Schwächling; aber Du sollst mich nicht mehr als solchen sehen. Die ersten Eindrücke waren so stark, führten mich so plötzlich in die Zeit, die einst gewesen, zurück — aber fort mit diesen Erinnerungen! Laß mir den geringen Trost, daß ich als Freund Dir von Nutzen sein kann. Laß uns darum wieder auf die Gegenwart und auf die Lage zurückkommen, in welche er Dich durch seinen Tod versetzt hat."

„Mich und mein Kind — meine Kinder, sollte ich sagen," fiel Nina ein.

Gotthards Miene umwölkte sich.

„Wenn alle Schulden bezahlt sind, bleiben von Ulrici's ganzem Vermögen nach der von dem Bürgermeister gemachten Berechnung noch sechs bis siebentausend Reichsthaler übrig. Darunter sind alle Gegenstände, selbst die Möbel begriffen, und dieses kleine Kapital ist Alles, was ich mit meinen Kindern für die Zukunft besitze. Nun, bester Gotthard, han-

delt es sich darum, wie ich auf die vortheilhafteste
Weise diese kleine Summe anwenden kann, so daß
sie zu unserem Lebensunterhalt ausreichend ist."

„Das wird wohl unmöglich sein," antwortete
Gotthard, „Ach!" setzte der junge Mann bitter hinzu, „damit hat er seinem Werk die Krone aufge-
setzt, daß er Dich und die Kinder so gut wie mittel-
los der Zukunft entgegensehen ließ."

„Schon wieder Anklagen! — Gotthard, Gotthard!"

„Du hast Recht, sie führen zu Nichts."

„Willst Du meinen Vorschlag anhören, und mir
hernach Deine Meinung darüber sagen? Ich habe
gedacht, ich wolle mir ein kleines Besitzthum auf
dem Lande kaufen; aber nicht in dieser Gegend,
sondern in einer ganz andern, wo ich vollkommen
unbekannt bin, und wo ich nur für meine Kinder
leben kann. Bei guter Haushaltung und Arbeitsamkeit sollte ich mich doch auf einem kleinen Besitzthum, das ungefähr in jenem Preise steht, fort-
bringen können, — oder was glaubst Du, da Du
selbst Landwirth bist?"

„Das glaube ich; aber wie wirst Du ein Gut
auf dem Lande bewirthschaften können, und wenn
es noch so gering an Umfang ist?"

„Du, Gotthard, sollst mir zu so einem kleinen
Gut und einem zuverlässigen Oberknecht, der es für
mich bewirthschaftet, verhelfen. Ueberdieß werde ich
selbst Alles, was nöthig ist, zu lernen suchen, und
durch Weberei, worin ich, wie Du vielleicht weißt,
einige Geschicklichkeit besitze, und auch durch andere
Handarbeiten so viel wie möglich zum Ganzen bei-

tragen. — Ach! die Arbeit wird mir leicht, da sie
für meine Kinder geschieht — für diese Kinder, die
Niemand außer mir haben, der für sie Sorge trägt.
Jede Minute meines Lebens will ich anwenden, um
sie gewinnreich für die Wesen zu machen, welche
hinfort meine ganze Welt in sich schließen."

In diesem Augenblick kam ein kleiner Knabe von
sechs Jahren herein und hing sich an die Kniee der
Mutter, indem er ausrief:

„Das Schwesterchen ist aufgewacht, Mama."

„Ist Debora nicht bei ihr?" fragte Nina und
streichelte das Lockenhaar des Knaben.

„Ja, Debora ist in der Kinderstube; aber komm'
nur, damit Du siehst, daß sie wach ist und doch nicht
weint, komm', Mama."

Der Knabe ergriff die Hände der Mutter und
wollte sie mit sich fortziehen.

„Willst Du nicht den Onkel Gotthard begrüßen,
Eugen?"

„Es bedarf dessen nicht," antwortete Gotthard
und schob das Kind mit sichtbarem Widerwillen zurück. „Laß ihn gehen, Nina, wir wollen unser Gespräch zu Ende führen, ich muß noch diesen Morgen
abreisen."

Der kleine Eugen warf einen unfreundlichen Blick
auf seinen Oheim, schlang die Arme um seiner Mutter Hals und rief:

„Ich will ihn nicht begrüßen. Komm' und sieh
nach dem Schwesterchen und laß ihn hier sitzen. Er
sieht gar nicht artig aus. Komm', Mama, komm'!"

Nina nahm den Knaben an der Hand und führte

ihn aus dem Zimmer. Als sie zurückkehrte, rief
Gotthard beinahe heftig.

„Nina, erspare mir in den wenigen Stunden, die
ich hier zubringe, den Verdruß, dieses Kind sehen
zu müssen. Der Anblick seines und Deines Kindes
ist mir eine Plage."

Nina schaute ihn mit bekümmerter Miene an.
Darauf begann sie wieder von ihren Angelegenheiten
zu reden.

Am folgenden Morgen reiste Gotthard Ulrici
ab, um seiner Schwägerin eine kleine, unbemerkte
Heimath auf dem Lande zu verschaffen.

***

Dreizehn Jahre später.

I.

Im mittleren Schweden, in einem Thale, welches
von einem breiten Fluß durchzogen wird, liegt ein
kleines Landgut, Adersberg genannt, in der Nähe
von dem großen, prächtigen Warnäs.

Das Wohnhaus selbst besteht aus einem kleinen,
einstockigen Gebäude und sieht mit seinen hellrothen
Wänden, dunkeln Fensterpfosten und spiegelklaren
Scheiben, mit Blumentöpfen und weißen Gardinen
ganz aus wie ein Dockenkasten, so geputzt, so fein
und klein stellt sich Alles dar.

Der von einem grünen Spalier umgebene und

mit Schlinggewächsen überkleidete Vorbau, der mit
Sand bestreute, sauber gehaltene Hof mit seinen
2 Ulmen und seinem Rosenbeete — Alles hatte etwas
so Zierliches und Hübsches, daß man unwillkürlich
auf den Gedanken gerieth, eine Frau müsse hier als
Besitzerin schalten und walten.

Auf der anderen Seite des Gebäudes lag ein
kleiner Garten, dessen nettes, leichtes Staket gleichfalls
von der den Frauen eigenen Neigung, Alles so an-
zuordnen, daß es den Augen schmeichelte, Zeugniß
gab.

Der eine Giebel des Hauses ging nach einem
Hügel, welcher gegen den Fluß abfiel. Von dieser
mit Hängebirken bewachsenen Anhöhe hatte man
eine sehr reizende Aussicht. — Im Uebrigen begeg-
neten dem Auge, wohin man es wandte, nur dicht-
belaubte Waldungen und lachende Wiesen.

Die Glocken der benachbarten Kirche riefen eben
zum Gottesdienst, und ihr Klang vermischte sich mit
den Chören der Vögel, welche von Nah und Fern
dem Schöpfer ihr Loblied sangen. Ueber der ganzen sonnenbeschienenen Natur weilte eine andachts-
volle Stille, als ob jedes Blatt, jede Blume, jeder
Grashalm in frommer Demuth den Sabbat des
Herrn feierte.

In dem kleinen Hause war Alles still geblieben,
bis der mahnende Schall der Glocken sich durch die
Luft seinen Weg zu den Bewohnern des Thales
bahnte. Da erschienen plötzlich drei junge Mädchen
unter dem Vorbau. Hinter ihnen zeigte sich eine
hohe, schlanke Frau, mit einem von jenen Gesichtern,
welche niemals altern, und auf welchen der Blick

unwillkürlich mit einem eigenthümlichen Gefühl von
Wohlbehagen und Interesse verweilt, da man daselbst
das Gepräge reicher, ungewöhnlicher Seelenbegabung
zu erkennen vermeint.

Nach ihrem Aussehen zu urtheilen, konnte sie
etwa dreißig Jahre alt sein; in Wirklichkeit hatte
sie bereits ihr sechsunddreißigstes zurückgelegt.

Ueber dem dunkeln Haar trug sie eine einfache
aber geschmackvolle Haube, welche ihrem ganzen Aussehen etwas Ehrbares gab. An ihrer Kleidung bemerkte man, daß sie nicht die Absicht hatte, mit den
Mädchen in die Kirche zu gehen.

„Adieu, süße Tante," sagte die älteste, eine hochgewachsene, schlanke, siebzehnjährige Blondine, mit
ruhigen und milden Zügen, und küßte die Frau.

„Es ist recht verdrießlich, süße Tante, daß Du
nicht mit in die Kirche gehst," rief die andere, ein
kleiner Wildfang von sechszehn Jahren, mit blauen
Augen und allzeit lächelndem Munde. „Nun kann
ich im Voraus sagen, daß ich nicht im Stande sein
werde, meine Gedanken auf das, was der Prediger
sagt, zu richten, ohne daß sie sich wieder zu Dir und
dem unerträglichen Eugen zurück wenden, der gestern
seine Heimkehr nicht bewerkstelligen konnte.

„Wenn dem so ist, meine kleine Elma, so thätest
Du besser, hier zu bleiben, als ohne Andacht in
Gottes Haus zu gehen," antwortete die Tante und
streichelte lächelnd die blühenden Wangen des
Mädchens.

„Ah, ich gehe schon mit Andacht hin," bemerkte
Elma lächelnd; „denn wenn ich an Dich denke, so
denke ich an Jemand, der Gott nahe steht. — Lebe

wohl! Laß Dir in der Einsamkeit die Zeit nicht allzu lang werden!"

Damit hüpfte sie die wenigen Stufen der Treppe
hinab in den Hof.

„Abieu, liebe Mama," sagte die jüngste, ein
Mädchen von dreizehn Jahren, bleich, düster und auf
den ersten Anblick beinahe häßlich; betrachtete man
sie aber näher, so erstaunte man darüber, daß man
sie hatte häßlich finden können, so magisch fesselnd
waren die großen, schwarzen Augen mit ihrem tiefen, unergründlichen Ausdruck, und man bekam dann
eine Ahnung, daß dieses magere, gelblich-bleiche Kind
mit seinem rabenschwarzen Haar, seinen farblosen
Lippen und seiner unregelmäßig geformten Nase
eines Tags viel schöner werden dürfte, als ihre beiden blühenden und jugendlich-schönen Begleiterinnen.

Als sie den Arm um den Hals der Mutter legte,
und diese sich niederbeugte, um das Mädchen zu küssen, weilte ein Sonnenstrahl gegenseitiger Liebe auf
beider Angesicht. Etwas, das einem Ausdruck heftiger Leidenschaft glich, blitzte in den Augen des Mädchens, während sie flüsterte.

„Mama, Du wirst mich doch in der Freude über
Eugens Wiedersehen nicht vergessen!"

„Dich vergessen, meine kleine Thekla? Habe ich
jemals Dich vergessen?"

„Ach nein, aber ich möchte nur, daß Du mich
allein lieb hättest.

„Und Deinen Bruder nicht?

„O ja, liebe ihn nur, aber mich am meisten!"

„Ich liebe Euch beide gleich sehr," antwortete
die Mutter und küßte das Mädchen, indem sie

hinzusetzte: „Gott sei mit Dir, mein kleiner Liebling!"

Zögernden Schrittes folgte Thekla den andern Mädchen, welche bereits unter der Gitterthüre des Hofes standen.

Die Kapitänin Nina Ulrici — denn der Leser hat wahrscheinlich schon in der beschriebenen Frau die junge Wittwe erkannt, mit welcher wir zu Anfang dieser Geschichte Bekanntschaft gemacht haben — blieb stehen und schaute ihnen nach.

Wie sie dort stand, konnte Nina noch immer schön genannt werden. Es lag etwas so Einfaches und zugleich Lebensfrisches in ihrem ganzen Wesen, daß man sie zu betrachten niemals müde wurde.

Als die Mädchen aus ihren Blicken verschwunden waren, kehrte sie in das Haus zurück, und wir benützen diese Gelegenheit, um die Lokalitäten näher in Augenschein zu nehmen.

Aus dem geräumigen Hausflur gelangte man in ein großes Eckzimmer mit 4 Fenstern. Dasselbe war ganz einfach möblirt und sah mehr wie ein Wohn- oder Gesellschaftszimmer, als wie ein Salon aus. Es befanden sich daselbst zwei Sophas von gebeiztem Birkenholz mit selbstgewobenem, roth und weißem Ueberzug; außerdem ein gebeizter Bücherschrank, ein Piano, zwei Nähtische vor zweien der Fenster, sammt einem großen runden Tisch in der Mitte.

Alle Möbel waren äußerst einfach; aber Alles war so sauber gehalten und mit so viel Geschmack geordnet, daß es ein Gepräge von Eleganz erhielt.

2 *

Alle Fenster waren mit Blumen angefüllt, welche einen angenehmen Geruch im Zimmer verbreiteten. Zur Rechten von diesem Zimmer befand sich Nina's Schlafgemach, auf der andern Seite die Küche. Diese Räumlichkeiten bildeten das Erdgeschoß. Auf dem oberen Boden lagen drei Zimmer. Eines gehörte den Mädchen, eines dem Sohne, das dritte hatte Namen, Ehre und Würde eines Gastzimmers, im Fall einer von den wenigen Freunden, welche Ackersberg besuchten, daselbst über Nacht bleiben wollte.

Ueberall in der Wohnung der Wittwe offenbarte sich die größte Genügsamkeit mit dem höchsten Grade von Ordnung und Reinlichkeit. Man sah, daß die Mittel beschränkt waren, aber daß die Hand, welche in der kleinen Behausung waltete, ihr alle mögliche Bequemlichkeit zu geben sich bemüht hatte. In allen Zimmern waren weiße Gardinen, blanke Scheiben und Blumen, der einzige Luxus, der sich in diesem kleinen, einfachen aber reizenden Heimwesen fand.

Als Nina in das große Gemach trat, welches von den Mädchen das Gesellschaftszimmer genannt wurde, wandte sie sich nach dem Eckfenster und sah auf die Landstraße hinaus. An dem Ausdruck von Erwartung, der in jedem Zuge zu lesen war, ließ sich erkennen, daß sie mit ganzer Seele nach einer ihrem Herzen theuren Person ausschaute.

Während sie dort, den Blick auf die Straße gerichtet, stehen bleibt, wollen wir Dich, mein lieber Leser, mit dem Verhältnisse, in welchem die jungen Mädchen zu Nina standen, ein wenig bekannt machen. Als Nina durch ihres Schwagers Fürsorge Ackersberg gekauft und ihren Wohnsitz dorthin verlegt hatte, war ihres Mannes Schwester, eine Wittwe Melbén gleichfalls mit Tod abgegangen. In ihrem Testament hatte sie verordnet, daß ihre beiden kleinen Mädchen bei Nina in die Kost gegeben werden und unter deren Pflege verbleiben sollten, so lang als diese selbst am Leben, oder die Mädchen unverheirathet wären.

Dieß war für Nina in ihren beschränkten Umständen eine große Hülfe, und wenn ihr daraus auch eine größere Verantwortlichkeit und mehr Arbeit und Mühe erwuchs, so fühlte sie sich für diese Zugabe zu ihrem Einkommen der Vorsehung zur Dankbarkeit verpflichtet.

Unter unaufhörlicher Thätigkeit war die Zeit schnell vergangen. Nina's Sohn war jetzt neunzehn, ihre Tochter dreizehn Jahre alt, und ihre Pflegekinder waren zu ein paar blühenden Jungfrauen herangewachsen.

Nach dieser kurzen Erläuterung kehren wir zu der noch jungen Wittwe zurück; denn für eine Wittwe sind sechsunddreißig Jahre kein hohes Alter, ganz anders als bei Frauenpersonen, die noch in lebigem Stande leben.

Nina hatte das Fenster geöffnet und stand vor demselben, den Blick auf die Landstraße geheftet und aufmerksam auf jedes Geräusch horchend, das sich aus der Ferne vernehmen ließ. Aber wiewohl ein Wagen nach dem andern zur Kirche fuhr, kam der noch nicht zum Vorschein, nach welchem sie mit gespannter Erwartung spähte.

Müde vom Stehen, setzte sie sich endlich nieder,

hatte aber noch immer die Augen draußen, bemerkte
somit nicht, daß Jemand die Thüre öffnete und in
das Zimmer trat.

Der Eintretende war ein hoch aufgeschossener,
schlanker Jüngling, mit einem Angesicht, das in seinem lebhaften und frischen Ausdruck ein Bild des
lächelnden Frühlings war.

Die großen, klaren, lichtbraunen Augen funkelten
von Lebensluft, Gesundheit und Freude; der halb-
offene Mund, mit den perlweißen Zähnen, lächelte
schalkhaft. Eine Masse dunkelbrauner Locken um-
gab eine Stirne, so hoch und so wolkenlos, daß es
schien, als könne dieselbe niemals von Sorge oder
Kummer beschattet werden.

Der Jüngling, welcher so unbemerkt eingetreten
war, schlich sich auf den Zehen zu Nina hin, während er mit einem Lächeln voll Glück und Liebe dieselbe betrachtete. Als er hinter ihrem Stuhle sich
befand, legte er ihr beide Hände vor die Augen und
rief mit verstellter Stimme:

„Nach wem schauen Sie, meine Gnädige?"

„Eugen!" rief Nina und drehte sich um, indem
sie auf solche Weise sich von ihres Sohnes Händen
befreite.

Mutter und Sohn hielten einen Augenblick einander umfaßt. Es war eine Umarmung, so voll von
Wonne und Liebe, daß gewiß die Engel im Himmel
auf diese Beiden, die sich durch ihr gegenseitiges
Wiedersehen so beglückt fühlten, mit Freude her-
niederschauten.

Endlich machte sich Nina aus ihres Sohnes Armen los und betrachtete ihn mit einem Ausdruck,

wie ihn nur einer Mutter Liebe in ein menschliches Auge legen kann.

„Mein lieber Junge, so habe ich Dich also wieder!" flüsterte sie und drückte ihre Lippen auf seine Stirne.

„Und ich, ich bin endlich wieder bei Dir, und in dieser lieben, lieben Heimath!" — und damit schlang er noch einmal seine Arme um die Mutter und setzte mit gerührter Stimme hinzu: „Du gute, Du geliebte Mama!"

* * *

Noch einige Augenblicke vergingen unter dem Austausch einer Freude, die man sich leicht vorstellen kann, aber vergeblich zu schildern versuchen würde. Sie erlitt endlich eine Unterbrechung durch das Erscheinen einer alten Frau, welche, sobald sie Eugens ansichtig wurde, die Hände über dem Kopf zusammenschlug und ausrief:

„Herr, mein Schöpfer, da ist Er ja! Wie in aller Welt ist Er nur hereingekommen. — Und ich sitze da und warte auf ihn seit heute früh vier Uhr! Ist Er durch das Fenster hereingekommen? Oder ist Er durch die Luft geflogen? Hat Er — ?"

„Debora in seinen Armen?" fiel ihr Eugen in's Wort und umschlang die alte Frau und begann mit ihr im Zimmer herumzutanzen, während sie sich von ihrem Erstaunen noch immer nicht erholen konnte.

„Seh' Er zu, will Er mich nun loslassen und sich ordentlich aufführen, oder ist Er immer noch ein solcher Possenreißer wie ehedem? Laß' Er mich

los, ober ich verſetze Ihm Eins hinter die Ohren!"
brummte Debora, die ſich nur ſehr widerſtrebend im
Kreiſe herumdrehen ließ; aber ſie ſchaute dabei den
Jüngling ſehr freundlich an, und er lachte, ohne
die mindeſte Furcht vor der verheißenen Ohrfeige.

Endlich blieb er ſtehen und ſagte:

„Was haſt Du nun davon, daß Du ſieben volle
Stunden da geſeſſen biſt und auf mich gewartet
haſt? Ich ſchlich mich gerade vor Deiner Naſe in's
Haus, und Du haſt mich doch nicht geſehen."

„Er iſt mir ein rechter Tanzmeiſter, muß ich Ihm
ſagen, und Er verdiente einen tüchtigen Wiſcher dafür, daß Er nicht geſtern gekommen iſt und dadurch
heute eine arme Frau verhindert hat, in Gottes Haus
zu gehen."

„Warum biſt Du nicht hingegangen? Ich habe
Dich nicht gebeten, daheim zu bleiben.

„Ja, da könnte Er zuſehen! Ich ſoll wohl fortgehen, wenn Er heimkommt und dann kein ordent-
liches Frühſtück findet? Wie kann Er doch ſo dumm
herausſchwatzen! Aber halt' Er mich nicht länger
mit ſeinem Geplapper auf, denn ich muß Ihm Etwas zum Eſſen herrichten. Er hat, kann ich mir
vorſtellen, noch ſeinen guten Appetit wie ſonſt. Ein
wohlgerathenes Kind iſt Er beim Eſſen immerdar
geweſen, und —"

Damit ging Debora hinaus.

Eugen wandte ſich lächelnd zu der Mutter.

„Sie iſt immer noch dieſelbe," ſagte er.

„Immer dieſelbe warme Anhänglichkeit an uns."

„Nun — nun, ſie hat ſo gut wie Mutterſtelle
bei Dir vertreten, liebe Mama; denn ſie iſt Deine

Amme und Wärterin gewesen, und zudem, wer sollte Dich nicht lieben? Es würde mich wundern, wenn sie es nicht thäte. Ach! ich erinnere mich noch ganz wohl, wie sie des Abends, wenn sie uns Kindern eine rechte Freude machen wollte, von Deinen Kinderjahren erzählte, wie gescheit, wie ungewöhnlich klug und verständig Du gewesen — ein wahres Muster von einem Kinde."

„In Debora's Augen, aber wahrscheinlich nicht in denen anderer Leute," erwiederte Nina und nahm ihres Sohnes Arm. „Laß uns jetzt zum Frühstück in die Laube hinuntergehen. Wenn ich Debora recht kenne, so hat sie Deine Vorliebe, dort zu essen, noch frisch im Gedächtniß bewahrt."

II.

Die Glocken verkündeten den Schluß des Gottesdienstes, und eine Weile hernach wurden drei Mädchen auf dem Wege, der nach Adersberg führte, sichtbar. Zwei kamen ganz ruhig gegangen, aber die dritte sprang beinahe und war den andern eine große Strecke voraus.

Eugen und Nina saßen auf der Bank vor dem Hause.

„Kannst Du errathen, welche von den Mädchen es ist, die so heranspringt?" fragte Nina.

„O, das ist nicht schwer," antwortete Eugen lachend und stand auf. „Elma, natürlich; aber ich will ihr die Hälfte des Weges ersparen und ihre Ungeduld verkürzen."

Mit einigen Sprüngen war Eugen an der Gitterthüre, und einen Augenblick darauf hatte er Elma um den Leib gefaßt.

Das junge Mädchen schlang unter ausgelassenem Lachen ihre Arme um den Hals ihres Pflegebruders.

„Du böser, garstiger Eugen, warum bist Du nicht gestern gekommen? Aber um so lustiger, ach, um so lustiger, daß Du jetzt da bist!"

Sie legte ihre Hände auf seine Schultern und betrachtete ihn, indem sie fortfuhr:

„Wie Du gewachsen bist, und —"

„Schön geworden bist," ergänzte Eugen, nahm Elma's Arm, legte ihn in den seinigen und ging den andern Mädchen entgegen.

„O nein, das denke ich gewiß nicht," antwortete Elma, mit einem leisen Naserümpfen, „das brauchst Du gerade nicht zu glauben, weit entfernt."

„Dann bildest Du Dir wohl ein, ich sei häßlich geworden?" fragte Eugen mit einer Miene, welche ernst sein sollte.

„Das bist Du immerdar gewesen," erwiederte Elma lachend; „aber groß — bist Du geworden."

„Aber meine kleine Elma; so spricht man zu einem Schulknaben, doch nicht zu einem Studenten," bemerkte Eugen, indem er die weiße Mütze auf dem Kopfe zurecht setzte und sich ein mächtig stolzes Aussehen gab.

„Du mußt aber wohl bedenken, daß ich nicht mehr die kleine Elma, sondern Mamsell Elma bin, das soll heißen: ich bin erwachsen, ich bin bereits konfirmirt und zur Beichte gegangen und habe darum das Recht, alle mögliche Artigkeit und Aufmerksamkeit zu verlangen; es ist beßhalb ganz und gar unpassend, daß Du so daher gesprungen kommst und mich so um den Leib fassest, wie Du gethan hast."

Elma zog wieder die Nase ein wenig in die Höhe und schaute etwas vornehm drein.

„Aber dann schickt es sich auch nicht für eine solche Dame von gutem Ton, ihrer Gesellschaft vorauszuspringen, um sich einem jungen Mann in die Arme zu werfen, so wie Du gethan hast," entgegnete Eugen lachend, „und da ich um ganze zwei Jahre älter bin, als Du, so werde ich wohl Hand an Deine Erziehung legen müssen, damit Du besser lernst, was sich schickt und nicht schickt."

„Das ist eine ganz überflüssige Mühe!" rief Elma.

„Halt, Kamerad," fiel Eugen ein, und jetzt standen sie vor den beiden andern Mädchen.

Eugen nahm die Mütze ab, beugte ein Knie vor der ältern und sprach:

„Ich grüße Sie, schöne Dame!"

„Und ich erlaube Ihnen, Herr Ritter, meine Hand zu küßen."

„Schön, Olga!" rief Eugen und küßte die dargebotene Hand, sprang auf und umarmte seine Pflegeschwester herzlich. Alsdann wandte er sich zu Thekla, welche ihn mit einer Mischung von Zärtlichkeit und Neid betrachtete.

„Nun, mein kleiner Liebling, willst Du nicht auch Deinen Bruder begrüßen? Was für ein finsterer Blick, Thekla; bist Du nicht erfreut, mich zu sehen?"

„Und was hat das zu bedeuten, ob ich mich

freue, ober nicht? Ich bin ja doch die letzte, welche
Du grüßest, die letzte, an welche Du denkst," stammelte Thekla, und eine aufsteigende Thräne verdüsterte
das dunkle Auge.

„Weißt Du denn nicht, wie herzlich ich Dich lieb
habe, mein liebes, liebes Schwesterchen?" sagte Eugen, indem er sie mit einem sonnenwarmen Blick
ansah. „Soll ich, wenn ich meine Geschwister be-
grüße, — denn das seid ihr ja alle — vorher mich
darauf besinnen, wem ich zuerst oder zuletzt meinen
Gruß zuwenden soll?"

Er küßte sie und streichelte die bleichen Wangen.

Thekla schwieg und schmiegte sich mit einem halben Lächeln, das indessen etwas mehr von Bekümmerniß, als Zufriedenheit verrieth, an ihn an.

Unter heitern Scherzen wanderten alle vier nach
Hause. Thekla sprach am wenigsten; aber sie hielt
ihres Bruders Hand und schien unter keiner Be-
dingung ihren Platz an seiner Seite aufgeben zu
wollen.

III.

Am folgenden Tage finden wir Nachmittags unsern jungen Studenten im Gras auf dem Hügel
ausgestreckt, welcher sich nach dem Flusse hernieder-
zog, in vollem Streite mit Elma, welche nicht weit
davon saß und nähte.

„Ei sieh', liebe Elma, gestehe nur, daß Du recht
froh darüber bist, mich wieder zu Hause zu haben?"
sagte Eugen und warf einen schelmischen Blick auf

das junge Mädchen, welches in einem Anfall übler Laune mit größtem Eifer drauf losnähte.

„Ganz und gar nicht, nachdem Du vergessen hast, Gold- und Buntpapier zu unserem Maibaum zu kaufen. Außerdem hast Du nicht Nagelsgroß mitgebracht, um uns eine Freude damit zu machen. Ehe Du Student wurdest, bist Du viel artiger gewesen."

„O nein, ich bin nur sparsamer geworden," antwortete Eugen mit großem Ernst. „Im Uebrigen war ich gezwungen, auf eigene Rechnung Ausgaben zu machen, mußt Du wissen, und dieß hat meine Mittel erschöpft."

„Du bist Egoist geworden, und das ist ganz häßlich. Ich kann Dich gar nicht mehr leiden."

„Du bist mir also früher nur wegen meiner kleinen Geschenke gut gewesen? — Da bist Du eigennützig, liebe Elma."

„Eigennützig! — ich?" rief Elma heftig.

„Ja, gewiß! Du kannst mich nicht mehr leiden, weil ich kein Geschenk mitgebracht habe."

„Ich bin aber doch überzeugt, daß Du Goldpapier bei Dir hast!"

Eugen faßte ihre Hände und zog sie zu sich ins Gras herab, während er sagte:

„Konntest Du wirklich glauben, daß ich etwas vergessen würde, was dazu bestimmt ist, Euch Freude zu machen?"

„Aber Du hast ja so gesagt."

„Dann hättest Du mir nicht glauben sollen. Merke Dir das, Elma, ein für alle Mal, daß ich niemals Etwas vergessen kann, das zu Eurem Ver-

gnügen dient, und lerne davon, daß wenn ich ein
anders Mal sage, es sei doch geschehen, dieß nur
zum Scherz gesprochen ist."

Es sollte eine Zeit kommen, wo Elma Eugen an
diese Worte zu erinnern hatte, aber nicht, wie heute,
unter muntern, kindlichen Scherzen.

„Und wenn man es recht betrachtet, so hast Du
vielleicht auch für die Tante und uns ein kleines
Geschenk zur Hand."

„Das ist klar — was mich allein verwundert,
ist nur, daß Du anders glauben konntest."

„So wollen wir also eine Weile Frieden schließen," antwortete Elma.

„Nur auf eine Weile?" fragte Eugen.

„Es wäre gar zu einförmig, wenn wir bestän-
digen Frieden hätten," erwiederte Elma,

„Und ein wenig Zank und Streit
Hat sein Gutes allezeit,"

setzte sie singend hinzu.

„Eben diese Deine Neigung zur Zänkerei bewirkt
aber, daß ich Dich, wenn ich mir die Sache recht
überlege, nicht zur Frau haben mag," sprach Eugen
mit komischem Ernst. „Bilde Dir also nur nicht ein,
daß wir ein Paar werden."

„Davon ist bei mir ganz und gar keine Rede,"
antwortete Elma, den Kopf aufwerfend; „denn wir
sind niemals sonderlich gute Freunde gewesen."

„Ach! das ist wahr! Ich vergaß, daß Du noch
viel zu sehr Kind bist, um zu wissen, was Freundschaft oder Liebe ist. A propos — was macht Deine
Puppe, meine kleine Elma?"

Elma gab mit ihrer kleinen Hand Eugen einen leichten Schlag auf seine frische Wange und sprang dann davon, hätte aber beinahe Frau Ulrici, welche unbemerkt herangetreten war, über den Haufen gerannt.

„Ich glaube gar, Ihr zankt mit einander, Kinder," sagte Nina freundlich.

„Ach, Tante, er ist so abscheulich," antwortete Elma lachend.

„Glaube ihr nicht, Mama, sie ist so händelsüchtig."

„Ihr seid beide ein paar ungezogene Kinder," bemerkte Nina und küßte Elma auf die Stirne.

„Die Mädchen von Warnäs sind da und halten Rath mit Olga und Thekla wegen des Maibaums; sie wollen auch Dich im Concilium haben, meine liebe Elma."

„Ha! das ist lustig!" rief Elma und sprang davon.

Nina setzte sich ins Gras nieder und sagte, indem sie liebkosend mit der Hand über das schöne Haupt des Sohnes fuhr:

„Wie findest Du die Mädchen? Sind sie sich gleich geblieben?".

„Ja und nein. — Das heißt, Elma und Olga sind in Bezug auf Gemüth und Charakter dieselben wie zuvor, obwohl mit ihrem Aussehen eine wesentliche Veränderung vorgegangen ist; — aber Thekla —"

„Nun, warum fährst Du nicht fort?"

„Deßhalb, weil ich, Mama, Dich nicht verletzen oder betrüben will."

„Die Wahrheit verletzt niemals, mein Knabe, und

überdieß, was sollte es für Fehler bei meiner kleinen liebenswürdigen Thekla geben, welche Du mir nicht sagen dürftest? Du hast ja selbst immer so viel auf sie gehalten."

„Und das thue ich noch, Mama; oder glaubst Du, daß meine Anhänglichkeit an Thekla sich vermindert habe?"

„Nein, das glaube ich nicht; aber sage mir, worin sie sich verändert hat?"

„Hast Du das nicht selbst bemerkt!"

„Nicht, daß sie sich verändert, wohl aber, daß ein Fehler, welcher in ihrer Gemüthsart und ihrem Charakter liegt, sich stärker entwickelt, hat und deutlicher an's Licht getreten ist."

„Diesen Fehler habe ich früher nicht an ihr bemerkt."

„Du allerdings nicht, mein Junge, wohl aber ich, und ich habe auch mit Besorgniß erkannt, daß ich demselben nicht entgegenzuarbeiten vermag."

„Und dieser Fehler, Mama?"

„Ist Neid. — Ist es nicht das, was Du mir sagen wolltest?"

„Ja. Aber konnte nur dieses Gefühl in einem Herzen entstehen, welches unter Deiner Leitung, meine gute, geliebte Mama, gestanden ist?"

„Ach! Eugen, bei Thekla kommt dieser Neid nicht von einem Mißbehagen über die Vorzüge Anderer, sondern von einem Uebermaß des Gefühls her, und dieses bewirkt, daß sie sich einbildet, Niemand liebe sie so innig, wie sie selbst liebt. — Noch viel zu sehr Kind, um die Anhänglichkeit Anderer klar beurtheilen zu können, unterschätzt sie dieselbe und bildet sich stets ein, daß man auf sie am wenigsten halte. Wäre Elma noch so schön, so reich und so vortheilhaft ausgestattet, Thekla würde sie um diese Vorzüge nicht beneiden; aber die mindeste Lieblosung, welche ich meinerseits Dir zu Theil werden lasse, schmerzt sie, und sie glaubt sich zurückgesetzt, vergessen und verstoßen. Sie selbst hängt so herzlich an Dir, daß es kein Opfer gäbe, welchem sie Deinetwillen sich nicht zu unterwerfen bereit wäre; — — aber wenn sie sieht, daß ich Dich lieblose, so umwölkt sich ihr Blick, und sie glaubt, daß Du von mir mehr geliebt werdest, als sie. Der Neid schließt bei ihr mehr ein bitteres Leiden für sie selbst, als Verdruß gegen diejenigen in sich, welche sie sich vorgezogen glaubt, und bildet somit eine Empfindung, der sich nur schwer entgegenarbeiten läßt."

„Wie seltsam, Mama, daß es mir niemals eingefallen ist, Zweifel darüber zu hegen, ob Du oder die Schwestern mir zugethan sind, oder auch nur dem Gedanken Raum zu geben, daß eine von ihnen mir vorgezogen würde. Ich bin davon so sehr überzeugt, daß ich es für eine Unmöglichkeit ansah, ihr könntet mich nicht wieder lieben. Bist Du im Stande, mir diese Verschiedenheit zwischen mir und Thekla zu erklären? Wenn Du gegen Eines von uns beiden parteiisch gewesen wärest, oder mich ihr vorgezogen hättest, so läge darin ein Erklärungsgrund, — aber so? —"

„Die Erklärung liegt in Eurer ungleichen Gemüthsart. Thekla mangelt jedes Selbstgefühl, und die Folge ist, daß sie ihren eigenen Werth unterschätzt; aber Du, mein Sohn, hast von der Natur eine nicht ganz unbedeutende Dosis jenes Gefühls erhalten."

„Mama, Du willst doch nicht behaupten, daß ich eigenliebig sei?" fiel Eugen ein.

„Noch bist Du es nicht, da ich sorgfältig Alles auszurotten gesucht habe, was diesem Hauptfehler in Deinem Charakter Nahrung geben konnte; aber von dem Gefühl des eigenen Werthes bis zum Glauben an die eigene Unfehlbarkeit ist der Uebergang leicht, wenn Du nicht genau auf Dich selbst Acht gibst."

„Weißt Du, Mama, was mich überrascht, wenn ich Dich so von uns reden höre?"

„Nein, mein Junge, das weiß ich wahrhaftig nicht; denn was ich eben gesagt habe, enthält Nichts, was für Dich überraschend sein könnte."

„Nun, die Genauigkeit, womit Du unsere Fehler, Schwächen oder guten Eigenschaften vom Kleinsten bis zum Größten kennst."

•„Wie wäre das wohl anders möglich. Von dem Augenblick an, da Gott mir Kinder schenkte, habe ich nur ein Lebensziel gehabt, nämlich das, so viel in meinen Kräften stände, den ernsten und heiligen Beruf einer Mutter zu erfüllen. — Um dieses mein Bestreben nicht gänzlich zu verfehlen, mußte ich zuerst darnach trachten, meinen eigenen Verstand auszubilden und zu entwickeln, damit ich nicht ein ausschließlich von seinen Gefühlen abhängiges Wesen würde, sondern meine Handlungen auf der Waagschale des Verstandes abwägen und meine eigene so wie die Bestimmung der Kinder, welche ich zu leiten berufen war, klar erfassen könnte. Mein sorgfälti-

ges Studium war zugleich die Gemüthsart und der
Charakter dieser Kinder. Klar wußte ich, daß alle
Aufopferung verfehlt blieb, sofern sie sich nicht auf
eine vollkommene Kenntniß von den größern oder klei-
nern Mängeln der Kinder stützte. Ebenso müssen deren
schlummernde oder später hervortretende guten Eigenschaften sämmtlich der Person bekannt sein, welche durch
ihre Erziehung Nutzen stiften will, da sie zum Zweck
haben muß, das Gute hervorzurufen und das Böse,
so viel es möglich ist, zu bezwingen und zu unterdrücken.
Das war und ist das Ziel, welches ich erreichen
wollte; aber selbst unvollkommen, fürchte ich, daß
mein Werk es auch blieb und meinem warmen
Wunsche, meinem innerlichen Streben nicht ent-
spricht."

Eugen führte ihre Hand an seine Lippen und
sagte mit Rührung:

„Mama, wir wären nicht würdig, Deine Kinder
zu heißen, wenn wir nicht alle unsere Kräfte an-
strengten, Deiner Erziehung Ehre zu machen."

„So sagst Du jetzt, mein Sohn, aber kennst Du
wohl selbst alle die Versuchungen, welche in Deiner
eigenen Brust schlummern? — Nein, Du ahnst
noch nicht, welche Feinde Du an Deinen Fehlern
hast."

„Lehre mich diese Fehler kennen, und ich will
dieselben überwältigen," rief Eugen. „Es ist eine
Wahrheit, daß ich mich selbst nicht kenne. In meinem Alter hat man so vieles Andere, welches Gedanken und Aufmerksamkeit in Anspruch nimmt, daß
jedes Selbststudium das Allerletzte ist, wozu man
sich hergibt. Aber Du, Mama, die Du stets in

3 *

meinem Innern liest, Du wirst mir auch sagen, von welcher Beschaffenheit mein Charakter ist."

„Aber, mein Knabe, wie oft habe ich Dir nicht schon Deine Fehler gesagt!"

„Wahr — Du hast mich schon oft vor meiner Unbedachtsamkeit gewarnt, ja, ich glaube, Du nanntest es meinen Hang zum Leichtsinn, desgleichen vor meinem Vertrauen zu mir selbst, meiner Ehrbegierde und meinem Eigensinn. Aber jetzt, Mama, mußt Du mich zeichnen, wie ich in Bezug auf meinen bessern und schlimmern Menschen bin; — gib mir ein anschauliches Bild von meiner eigenen Seele, so daß ich recht klar einzusehen vermag, worin meine Stärke und Schwäche beruht."

„Gott gebe, daß es Dir für die Zukunft zum Nutzen gereiche! Siehst Du, mein Sohn, Gott hat Dich in mancherlei Hinsicht mit vielen guten Eigenschaften ausgestattet. Er hat Dich mit einem guten Verstand, desgleichen mit Fähigkeit, Dir auf leichte Weise Kenntnisse zu erwerben, begabt. Auch gebricht es Dir nicht an Scharfsinn. Du hast nicht minder ein gutes und warmes Herz, einen offenen und uneigennützigen Charakter. — Das sind Deine guten Eigenschaften. Nun kommen wir zu den Fehlern."

„Ach, Mama, sei nicht allzu streng," fiel Eugen ein und küßte der Mutter die Hand.

„Nicht streng werde ich sein, aber die nackte Wahrheit muß ich Dir zeigen, ohne dieselbe im mindesten zu vergolden. Du hast von Natur ein großes Selbstvertrauen, eine große Schwäche für Beifallsbezeugungen und eine krankhafte Empfindlichkeit ge-

gen den Tadel. Dieß kann ein Sporn für Dich
werden, damit Du auf edle Weise die Achtung Deiner Mitmenschen zu verdienen suchst; aber es kann
Dich auch verleiten, für den Ruhm des Augenblicks
Dein ganzes Leben aufzuopfern und Dich zum Narren zu machen.“

„Zum Narren, Mama?“ wiederholte Eugen,
während sein Gesicht mit einer dunkeln Röthe sich
überzog. „War dieß nicht etwas stark?“

„Nein, wenn man die Wahrheit sehen will, muß
man sie mit beiden Augen sehen und nicht mit dem
einen blinzeln. Ein Narr, mein Sohn, ist derjenige,
welcher sich durch den Ruhm, den einige für das
Gesellschaftsleben angenehme Eigenschaften zur Folge
haben, bethören läßt und für diesen Ruhm seine Zukunft aufopfert. Ein Narr ist derjenige, welcher, um
sich nicht wegen seiner arbeitsamen und haushälteri-
schen Lebensweise dem Spotte auszusetzen, sich mit
ausschweifenden Kameraden einläßt, um nicht schlech-
ter zu sein, als sie. Ein Narr ist derjenige, welcher
aus Eitelkeit seine Mittel überschreitet, um nicht als
das zu erscheinen, was er ist.“

Nina hielt an. Sie hatte im Sprechen ihres
Sohnes Angesicht betrachtet, das wechselsweise erröthete und erbleichte. Da er schwieg, so nahm sie
wieder das Wort:

„Ein Mann aber wird der Jüngling, welcher
den armseligen Beifall von einem Haufen leichtsin-
niger Kameraden aufopfert, welcher jeder Theilnahme
an ihren thörichten Vergnügungen, wodurch die Zeit
getödtet und die Seele abgestumpft wird, entsagt,
um mit Eifer darauf hinzuarbeiten, ein tüchtiger

Bürger zu werden, deffen Name eines Tags von feinen Zeitgenoffen, und vielleicht auch von der Nachwelt mit Achtung genannt wird. — Nur der Jüngling, welcher fich aus der Arbeit eine Ehre und eine Freude macht, nur der kann mit der Zeit ein Mann werden."

„Nun habe ich Dir klar gemacht, wohin Deine Eitelkeit Dich führen kann. Läffeft Du fie von Deiner Vernunft zügeln, dann, mein Sohn, wird Alles gut; läffeft Du Dich von Deiner angebornen Genußfucht, Deiner Schwäche, Dich wegen Deiner fchönen Stimme, wegen Deiner gefellfchaftlichen Talente u. f. w. gern gelitten zu fehen, von Deinem Verlangen, die Seele aller Vergnügungen zu fein, beherrfchen, dann, Eugen, wirft Du nie etwas Anderes werden, als ein gedankenlofer und leichtfinniger Thor, welcher eine koftbare Zeit verfchwendet und feine Zukunft zerftört. Dieß ift Etwas, das ich gar fehr befürchte, da Du unbedachtfam und ohne alle Selbftbeherrfchung bift. Es ift wahr, Du bift die Aufrichtigkeit felbft, aber es gebricht Dir an Vorficht und an der Macht über Deine Gefühle, und Du bift ein Sklave Deiner Neigungen und Begierden. Das ift um fo beunruhigender, da Du von Natur viel Eigenwillen befißeft. — Wendet fich Dein Sinn und Streben dem Guten zu und arbeiteft Du Deinen lebhaften, leicht aufflammenden Eindrücken kräftig entgegen, fo wird Dein Eigenwille fich zum Herrn derfelben machen; aber gibft Du blindlings nach und läffeft Dich von Deinen Leidenfchaften beherrfchen, dann wird Dein Eigenwille diefe nur um fo furchtbarer machen. Und nun, mein Junge, habe ich Dir Deinen Charakter gezeigt, so wie das, wovor Du Dich in Acht zu nehmen hast. Du bist, so wie wir Alle, aus zwei Elementen, einem guten und einem bösen, zusammengesetzt; siehe zu, daß Du das gute die Oberhand gewinnen lässest und durch die Kraft Deines Willens und durch edeln Ehrgeiz Dich zum Herrn über das Böse machst."

Mit diesen Worten beugte sich Nina wieder und küßte ihren Sohn auf die Stirne.

Eugen sprach mit tiefer Bewegung.

„Dank Dir; ich werde Alles, was Du mir gesagt hast, meinem Herzen einprägen, damit der schlimmere Mensch mich niemals beherrsche. Sollte es aber geschehen, daß ich einmal unterliege, dann, Mama, brauchst Du mir blos die Worte zu sagen: Gedenke an Deine Mutter, und wenn ich schon auf dem halben Wege zum Abgrund bin, so weiß ich, daß der Gedanke an Dich, an Deine Zärtlichkeit für mich, daß die Bewunderung und Liebe, die mein Herz für Dich hegt, sammt dem Bewußtsein des Kummers, den ich Dir machen würde, mich bestimmen wird, mit Kraft und Ernst zu dem, was recht ist, zurückzukehren. Können wohl Mütter, wie Du, fehlerhafte Kinder haben, da der Gedanke an eine solche Mutter sie unwillkürlich von jeder niedrigen Handlung abhalten muß?"

„Ich danke Dir für diese Worte," flüsterte Nina.

Eine Weile betrachteten Mutter und Sohn einander mit dem Ausdruck tiefen Gefühls.

„Nun, da Du mein Bildniß mit so lebendigen Farben gemalt hast, so ist es nicht mehr als billig, daß Du auch meine Geschwister zeichnest. — Oder glaubst Du vielleicht, liebe Mama, daß ich sie besser als mich selbst kenne? Im Fall es so ist, muß ich Dir aufrichtig bekennen, daß das Charakterstudium nicht meine stärkste Seite ausmacht. Laß mir nun eine kurze Schilderung der Mädchen zu Theil werden. Olga zum Beispiel mit ihrer unerschütterlichen Ruhe, ihrem trockenen Wesen und ihrer ewigen Arbeitsamkeit, zu welchem Menschenschlage gehört sie eigentlich?"

„Sie wird mit der Zeit eine in jeder Beziehung glücklich ausgestattete Frau, weil alle ihre Seelenkräfte sich in harmonischer Einheit befinden. Sie ist keiner herrschenden Schwachheit, keinem einzigen Gefühle, welches sich auf Kosten der andern geltend macht, unterthan. — Sie hat einen guten, der Bildung zugänglichen Verstand, aber dieser Verstand ist nicht ungewöhnlicher Art, sondern so beschaffen, daß sie ihre Stellung als Frau klar erkennt und auf kluge Weise ihren Platz im Leben auszufüllen sucht. Sie ist gut, theilnehmend und anhänglich, aber niemals auf Kosten des Vernünftigen. Sie hat Ehrgeiz genug, um nach dem Guten zu streben, aber ihre Eitelkeit wird sie niemals zur Sklavin der Meinungen Anderer machen. Sie hat genügendes Selbstgefühl, um ihr Leben so zu gestalten, daß sie die Achtung vor sich selbst bewahren kann, ohne den Vorwurf der Eitelkeit auf sich zu laden. Sie hat Sinn für das Schöne; aber sie ist nicht im Mindesten schwärmerisch, sondern nimmt das Leben, wie es ist, und wird niemals daraus etwas Anderes, als ein heiteres Familien-Zusammensein zu machen suchen. — Sie ist arbeitsam von Natur und aus Grundsatz,

denn sie erachtet es als eine Pflicht für jeden Menschen, so viel Nutzen zu stiften, als er vermag. Wahrhaft religiös ohne frembartigen Zusatz, wird sie mehr
durch rechtschaffenen Wandel und nutzenbringendes
Leben, als durch äußere religiöse Formen die Got-
tesfurcht, die in der Tiefe ihres Herzens lebt, an
den Tag legen. So ist Olga, oder vielmehr, so wird
sie als Frau werden. Sie ist keine Verächterin von
den Freuden und Genüssen des Lebens, aber diese
sind für sie nur angenehme Nebendinge."

„Ach, mein Gott, Mama, Du machst sie ja zur
Vollkommenheit selbst," rief Eugen.

„Kannst Du sie zu etwas Anderem machen?"

„Genau genommen, nicht, aber —"

Eugen brach in Lachen aus und fuhr dann fort:

„Ich fühle eine wahrhafte Scheu vor so viel
Vollkommenheit, und so viel ist gewiß, dieses ewige
‚Weder zu viel noch zu wenig', so vortrefflich es
auch sein mag, flößt mir einen wirklichen Schauder
ein, weil ich gleich das Vollkommene, welches daraus
entspringt, zu bewundern mich genöthigt sehe. Ich
ziehe mir einen kleinen Hang zu etwas Uebertreibung vor."

„Aber jede Uebertreibung ist ein Abweichen von
dem Vollkommenen. Ein Mensch kommt dem Ideale
am nächsten, wenn alle Seelenkräfte gleichmäßig in
ihm entwickelt sind."

„Mama, ein solcher Mensch wird auf die Länge
unausstehbar langweilig."

„Ist Olga langweilig?"

„Gewiß nicht; aber sie kann manchmal durch
ihre ewige Ruhe, ihre Unzugänglichkeit einen armen

Sünder, wie ich bin, faſt zum Tode bringen. Ich
bin Olga herzlich zugethan, aber ich möchte ſie mit-
unter aus dieſer ununterbrochenen Ruhe aufrütteln
und nur ein einziges Mal einen Ausbruch von
Freude oder Entzücken ſehen, aber nein, ſie iſt
immerbar gleich weiſe."

„Weißt Du, woher es kommt, daß Du Dich
durch dieſe ihre Eigenſchaften unangenehm berührt
oder gereizt findeſt?"

„Wahrſcheinlich deßhalb, weil ich ſelbſt aus lauter Extremen zuſammengeſetzt und in Folge davon
nichts weniger als vollkommen bin," erwiederte Eugen lachend.

„Allerdings."

„Nun, wenn dem ſo iſt, ſo kann ich mich doch
damit tröſten, daß ich wenigſtens nicht das Einzige
von den Geſchwiſtern bin, welches von dem, was
man die Mittelſtraße nennt, abweicht. Elma
zum Beiſpiel iſt durchaus kein ſolcher Tugendſpie-
gel, ſondern juſt ein entzückendes Ding, voll von
Fehlern und Extremen. Iſt ſie vielleicht nicht lie-
benswerth?"

„O, das iſt ſie gewiß. Sie iſt gut wie Gold."

„Das ſage ich auch; aber beſchreibe ſie mir
einmal."

„Sie iſt, wie Du ſelbſt ſagteſt, aus großen Fehlern und großen Tugenden zuſammengeſetzt. — Sie
iſt heftig, empfindlich, ſtolz und —"

„Und eigenliebig, nicht wahr, liebe Mama?"

„Nun, wenn Du es ſo willſt, ein kleiner Anflug
von Selbſtzufriedenheit, welche jedoch niemals mit
dem Namen Eigenliebe bezeichnet werden kann. Zu-

gleich ist sie unbeständig, selbst etwas unbedachtsam, aber offen wie der Tag. Alle ihre Eindrücke und Gefühle spiegeln sich auf ihrem Angesicht ab, und sie spricht sich ungeheuchelt aus, so wie sie denkt."

„In freier Uebersetzung, so wie Du von meinen Fehlern redest, will dieß heißen: unvorsichtig und ohne alles Vermögen, sich selbst zu beherrschen."

„Nicht so ganz; denn sie ist eine Frau und besitzt auch jene angeborne Schüchternheit, welche zur Folge hat, daß sie vor jedem heftigen Ausbruch, welcher unpassend erscheinen könnte, zurückbebt."

„Nun, das ist wohl eine Folge der Erziehung."

„Mag sein; aber dieselbe Erziehung hat nicht dieselbe Wirkung auf Dich gehabt, und warum? Eben deßhalb, weil Du in der Schule einen Ausbruch von Freude oder verletzter Eitelkeit und Eigenliebe als einen Beweis von Mannhaftigkeit zu betrachten lerntest, während Elma dagegen niemals die Heimath verließ oder ein Exempel mitansah, welches auf die Erziehung, die sie erhielt, von großem Einfluß hätte sein können."

„Du hast immer Recht, Mama," rief Eugen, „aber fahre fort."

„Ich habe mit Elma's Fehlern angefangen, um mit ihren guten Eigenschaften zu schließen. Sie hat ein so gutes, so reiches, so anhängliches und liebevolles Herz, wie sehr wenige Menschen eines solchen sich rühmen können. Zu lieben, sich für diejenigen, welche sie liebt, zu opfern, und nur für Andere zu leben, ohne an sich selbst zu denken, das ist ein Hauptzug in ihrer Gemüthsart. — Selbst nach dem Vollkommenen, dem Edlen zu streben, darnach steht

ihr Verlangen nur beßhalb, weil sie badurch die-
jenigen, die ihr theuer sind, glücklich machen kann.
Ihre Güte ist wahrhaftig, denn sie kann keinen Be-
trübten sehen, ohne ihm Trost zu bringen, keinen
Dürftigen, ohne ihm Hülfe zu leisten. — Sie liebt
ihre Mitmenschen, und möchte der ganzen Welt ihren
Glauben an das Gute, ihr warmes Vertrauen auf
Gott und ihre golbenen Hoffnungen mittheilen. Die
Welt kommt ihr wie ein Rosengarten vor, und das
Leben viel zu kurz, um zu dem Genuß aller der
Freuden, wovon sie träumt, auszureichen. Arme
kleine Elma, wie oft habe ich schon an den Tag mit
Wehmuth gebacht, da sie erfahren soll, daß der Le-
bensweg mit Dornen bewachsen ist? Bei ihrer Leichtigkeit, Eindrücke in sich aufzunehmen, springt sie
schnell von Freude zu Zorn über, und dieß bewirkt,
daß sie der beweglichen Meereswoge gleicht, welche
unaufhörlich wechselt und Alles, nur nicht einförmig ist."

„Und eben dieß macht ihre größte Liebenswür-
bigkeit aus," fiel Eugen ein.

„Warum glaubst Du das?"

„Vermuthlich beßhalb, weil sie mir am nächsten
steht, und weil unsere Gemüthsart die meiste Ver-
wandtschaft hat. Aber nun hast Du noch Thella
übrig."

„Thella ist ein noch ungelöstes Problem. —
Sie ist ein Kind, bei welchem man die hervorragen-
ben Hauptanlagen beutlich erkennt, aber bieselben
haben es noch zu keinem harmonischen Zusammen-
wirken gebracht."

„Aber Du, Mama, die Du uns so genau kennst,

Du weißt doch so ziemlich, wie diese Anlagen sich gestalten werden."

„Unmöglich, mein Sohn, denn wir Menschen hängen viel zu sehr von äußern Einwirkungen, von dem Gang der Ereignisse, von der Gesellschaft, in welcher wir leben, ab, als daß sich zum Voraus bestimmen ließe, wie ein Charakter sich entwickeln wird. Thekla gehört zu der Zahl derer, bei welchen es sehr schwer hält, zu sagen, was in der Zukunft aus ihr werden soll."

„Aber wie ist sie jetzt? — Ein etwas eigenes und besonderes Mädchen ist sie immerdar gewesen."

„Ja, eigen, wenn Du so willst, denn ihre Anlagen sind wesentlich verschieden von denen, welche bei andern Frauen vorkommen. Thekla hat, was wenige Frauen besitzen, nämlich einen unerhörten Durst nach Kenntnissen, eine Wißbegierde, welche sie zu einem ausgezeichneten Mann machen würde, im Fall sie ein Knabe wäre, und welche sie zu einer ungewöhnlichen und überlegenen Frau machen wird. Sie hat überdieß eine mehr glühende, als eigentlich lebhafte Phantasie, große Leichtigkeit, über Alles, was sie gelernt hat, zu raisonniren, und exaltirte Bewunderung für alles Große und Hochherzige, und eine außerordentliche Ehrfurcht vor intellectueller Ueberlegenheit. Alle diese Eigenschaften würden für Thekla manche reiche Quelle des Gemüthes in sich schließen, wenn sie nicht von einem an's Krankhafte grenzenden Mißtrauen gegen sich selbst befangen wäre, und dieses bewirkt, daß sie nicht einmal eine Ahnung davon hat, wie reich die Natur sie ausstattete, sondern beständige Furcht hegt, geringer

als Andere zu fein. Gut bis zur Großmüthigkeit,
vergißt fie in bemfelben Augenblick, ba fie eine fchöne
Handlung ausübt, baß fie biefelbe gethan, und glaubt,
nur eine Pflicht erfüllt zu haben. Wie alle Charak-
tere mit ftarken und mächtigen Gefühlen, fchließt fie
fich nur fehr Wenigen an, liebt aber biefelben bis
zu einem folchen Uebermaße, baß fie baraus mehr
Leib als Glück fchöpft und unaufhörlich bezweifelt,
ob Andere für fie benfelben Grab von Hingebung,
wovon fie befeelt ift, empfinden können. Dieß macht
fie neibifch auf bie Anhänglichkeit, welche einem
Anbern, als ihr gilt. Im höchften Grabe empfindlich gegen Tabel ober Lob von benen, welche fie
liebt, ift fie baneben ganz und gar gleichgültig gegen bas Urtheil anberer Menfchen. Verfchloffen
und feft von Charakter, gehört fie zu benjenigen,
welche ohne eine Klage leiben und fterben können.
An ben Spielen und Scherzen ber Kinder hat fie
niemals Gefallen gehabt, fondern fie fetzte fich lieber hin und las, ober verträumte bie Stunden, ba
Andere fich beluftigten. Die einzige Rettung, welche
es für fie gibt, ift angeftrengte Arbeit, ein ununter-
brochenes Einheimfen von Kenntniffen, bis zu bem
Tage, ba ihr Herz eine Wahl getroffen hat. — Aber
einmal burch bas Banb bes Herzens gefeffelt, ift
fie auch gefchaffen, einzig für ben Gegenftand ihrer
Liebe zu leben."

„Das ift eine ganz eigenthümliche Zufammen-
fetzung, und ich wurde niemals klug baraus. Wie
in aller Welt, theure, geliebte Mama, bift Du im
Stanbe gewefen, unfer Inneres fo genau auszufor-
fchen, baß Du all alle unfere Fehler und unfere

guten Eigenschaften, selbst die verborgensten, bis auf das Tüpfelchen hinaus kennst?"

„Ich bin Mutter und Erzieherin, und darum habe ich Eure Gemüthsart ausschließlich studirt, um in der Art und Weise, wie ich es bei Eurer Erziehung anzugreifen habe, nicht fehlzugehen."

„Ach, Du bist wirklich ein Ideal von einer Mutter."

„Aber Du findest ja an Vollkommenheit keinen Geschmack, sagtest Du eben?"

„Du bist aber auch kein, einer ewigen Ruhe, einem ewigen Einerlei anhängendes Wesen, sondern Du vermagst auch heftig und stark zu fühlen. Als Mutter bist Du ein wirklich entzückendes Beispiel, und Gott gebe, daß wir alle eines Tags Deinen gewissenhaften Bemühungen entsprechen und uns zu guten und edlen Menschen heranbilden!"

Eugen küßte der Mutter beide Hände und setzte mit bewegter Stimme hinzu:

„Deine ganze Jugend ist unter der mühsamen Arbeit, uns zu erziehen, unserem Thun und Treiben zu folgen, unsere Fehler zum Guten zu wenden, dahingegangen. Du hast um unsertwillen der Freude des Lebens entsagt."

„Meine Freude, Eugen, machten und machen meine Kinder aus; mein Vergnügen besteht darin, daß ich die guten Anlagen in Euch den Sieg über die schlimmen gewinnen sehe: und meine Glückseligkeit wird es sein, eines Tages zu erfahren, daß meine Arbeit nicht fruchtlos gewesen ist. Dann weiß ich auch, daß ich meine Bestimmung auf Erden erfüllt habe. Auf meinem Platze als Frau und

Bürgerin habe ich dann nach dem Gesetze Gottes
und der Natur Nutzen gestiftet; und dieß, mein
Sohn, ist das Ziel, wornach wir alle streben müssen.
Wir haben die Frische und Lebhaftigkeit der Jugend
erhalten, damit wir mit Ernst und Eifer unsere Arbeit im Leben beginnen, und nur der hat seine verflossene Jugend zu beweinen, welcher sie ohne Nutzen
entschwinden ließ.

IV.

Am Abend nach dem Essen waren die Mädchen
und Eugen unter den Ulmen im Hofe versammelt.

„Morgen, mein lieber Eugen, gibt es etwas
ganz Anderes zu thun, als träg im Grase zu lie-
gen; Du mußt uns helfen," sprach Elma und sah
ziemlich altklug aus.

„Je nun, das wird sich zeigen. Ich habe im
Sinn, morgen die jungen Klints auf Warnäs zu
besuchen und den ganzen Tag dort zu bleiben,"
antwortete Eugen.

„Wenn Du das thust, so ist es recht schlecht
von Dir," sagte Elma.

„Und der Katze wird bang," erwiederte Eugen.

„Willst Du eine Wahrheit hören?"

„Unendlich gern."

„Du bist im höchsten Grade unerträglich, seitdem Du Student wurdest. Früher warest Du immer derjenige, welcher uns half, warest die Seele
bei allen unsern Unternehmungen, und —"

„Ei, was ist denn das für ein großes Werk,
das vollbracht werden soll?"

„Nun, die Majorin hat ihre Mädchen mit einem
Korb von vierzig ausgeblasenen Eiern für den Maibaum hieher geschickt; und diese sollen wir bemalen
und mit Goldpapier überkleistern, denn, siehst Du,
die Fräulein Klint und wir, wir haben uns vorgenommen, daß der Maibaum von Warnäs der schönste
im ganzen Umkreise werden soll. Du begreifst also
wohl, daß wir allein, Thekla und ich, nicht mit den
Eiern fertig werden, wenn Du uns nicht hilfst, sinte-
mal Olga der Tante und Debora beim Backen an
die Hand gehen soll."

„Und ich, ein Bursche, der in zwei Jahren mündig wird, der ein studirter Mann ist, ich soll mich
zu zwei kleinen Mädchen hinsetzen und Eier bemalen? Mein Kind, Du weißt nicht, was Du be-
gehrst; erinnere Dich, daß, während Du noch in den
Tagen der Kindheit stehst, ich schon längst dieselben
hinter mir gelassen habe."

„Du sagst also, ich sei noch ein Kind?"

„Ja gewiß, und Beweis dafür, daß Du Dich
noch mit dergleichen Lappalien abgibst."

„Du weißt demnach nicht, wie alt ich bin?"

„Um hundert Jahre jünger als ich."

„Ganz und gar nicht; Du bist nur drei Jahre
älter, und für einen neunzehnjährigen Jungen ist
es ganz passend, Eier zu bemalen und Papier aufzu-
kleben; das kann ich Dir wohl sagen. Du hast
heute noch nichts Anderes gethan, als uns Aerger
und Verdruß gemacht."

„Wirklich?"

Damit sprang Eugen auf und faßte Elma am

Arm, während sie aus Leibeskräften sich von ihm loszumachen bemühte.

„Ja, und Du hättest wohl in Upsala bleiben können, wenn Du nicht artig sein willst.“

„Elma, sieh' mich an und sag' mir das noch einmal, wenn Du kannst.“

„Das ist nicht nöthig,“ antwortete Elma erröthend.

„Nun, und wenn ich Dir die Eier anmale, dann bist Du wohl wiederum lieb?“

„O nein, Du kannst es jetzt bleiben lassen. — Ich bitte Dich nicht mehr darum.“

„Wie Du willst. Ich gehe morgen nach Warnäs.“

„Gestehe nur, daß Du recht boshaft bist,“ rief Elma.

„Und Du, liebe Elma, daß Du recht närrisch bist,“ fiel Olga ein, welche ganz ruhig den Streit mit angehört hatte, während sie das Gewürze auslas, welches zu der Backerei am nächsten Tage bestimmt war. — „Du redest und handelst, wie wenn Du Eugen nicht von Jugend auf gekannt hättest. Du weißt doch, daß es ihm die höchste Freude machte, Dich zu reizen und immer Nein zu sagen, obwohl er Ja meinte. Hast Du wohl ein Beispiel davon, daß er sich jemals uns entzog, wenn es sich darum handelte, zu unserem Vergnügen beizutragen?“

„Du, Olga, bist auch so ein Original,“ rief Elma, „das ruhig dasitzen und seine Schlußfolgerungen ziehen kann. Ich bin nicht so glücklich, lernen zu können, daß Nein so viel als Ja bedeutet.“

„Dieß kommt daher, daß Olga mein gutes Herz kennt; aber Du, armes Mädchen, Du urtheilst immer in Deiner Heftigkeit, wie der Blinde von den Farben," fiel Eugen ein.

„Ei sieh' doch, jetzt behauptet er gar, daß ich ihm Unrecht gethan habe."

„Ja, das hast Du gewiß, und zur Strafe sollst Du mit mir nun eine Galoppade im Hofe herum-tanzen."

Elma lachte. Eugen faßte sie um den Leib, und in wildem Galopp ging es nun in dem Hofe herum. Als sie vor Olga, welche ruhig in ihrer Arbeit fortfuhr, und vor Thekla, welche ihnen mit nachdenk-licher Miene zusah, stehen blieben, sagte die letztere:

„Singe uns Etwas, Eugen."

„Soll geschehen, meine kleine Sibylle; nur laß' mich vorher Athem holen. Was soll ich denn singen?"

„Irgend etwas von den Gluntliedern," antwor-tete Thekla.

„So, so; aber wer soll die erste Stimme singen; denn Du weißt wohl, kleine Martha, das die Glunt-lieder Duette sind?"

„Ich will die erste Stimme singen," sagte Thekla.

„Du?"

„Ja, ich," antwortete Thekla lächelnd. „Ich habe mir solche von Warnäs entlehnt und sie in den Morgenstunden eingeübt, damit wir der Mutter eine Freude machen und sie ihr vorsingen können."

Eugen betrachtete Thekla mit einem Ausdruck von Verwunderung; hernach küßte er seine Schwe-ster, nahm ihren Arm und legte ihn in den seinigen, indem er sagte:

„Sieh', sieh', Kamerad', jetzt wollen wir eine Serenade veranstalten. Kannst Du Serenaden singen?"

4*

„Nun, wir können es ja versuchen," antwortete Thekla, indem sie ihren Bruder ansah, und mit gedämpfter Stimme, aber warmem Ausdruck im Blicke hinzusetzte:

„Glaubst Du, daß es Dir einige Unterhaltung gewähren wird, mit mir zu singen?"

„Ganz gewiß, liebe Thekla, aber am meisten gefällt es mir von Dir, daß Du sie gelernt hast, um die Mutter damit angenehm zu unterhalten. Weißt Du, Thekla, Du bist ein kleiner Juwel!"

„Was schwatzest Du da! Es ist doch ganz natürlich, daß ich ihr eine Freude zu machen suche."

Eine Weile darauf sangen sie vor dem Fenster vom Schlafzimmer der Mutter.

Thekla's Stimme war hell, obwohl noch etwas schwach. Die Eugen's dagegen war stark und wirklich schön. Als sie geendet hatten, rief Thekla mit unverstellter Bewunderung:

„Wie Deine Stimme so schön geworden ist, Eugen! Singe mir noch Etwas allein, so daß ich sie ordentlich hören kann."

In diesem Augenblick kam Elma auf sie zu gesprungen, fiel Eugen um den Hals und tätschelte und küßte ihn unter den lautesten Ausrufen ihres Entzückens.

Thekla's Blick umwölkte sich, aber sie sagte Nichts, sondern setzte sich auf die Treppe, welche nach der Hausflur führte.

Sobald Elma ihrer Bewunderung Luft gemacht hatte, nahm sie neben Thekla Platz, schlang ihre Arme um deren Leib und lehnte den Kopf an ihre Schulter, ohne daß Thekla auch nur mit einer ein-

zigen Bewegung einen Schimmer von Wohlwollen
für Elma zu erkennen gab. Diese ließ sich jedoch
nicht abschrecken, sondern blieb sitzen, wie bisher, und
hörte auf Eugen, welcher ein „Norblands-Lied" sang,
von welchem er aus alten Tagen wußte, daß es bei
Thekla besonders beliebt war.

Elma horchte mit lächelnden Lippen und lächelndem Blick auf den Gesang, ohne sich in den Sinn
kommen zu lassen, daß er jetzt Thekla den Vorzug
gab. Neid war diesem fröhlichen Sommerkinde ein
völlig fremdes Gefühl. Thekla dagegen hatte, ehe
Eugen sein Lied anstimmte, mit innerer Bitterkeit
gedacht:

„Jetzt wird Eugen Etwas singen, das Elma gefällt;" aber als er anfing, erhellte sich ihr Blick, und
mit einem Gefühl von Reue schmiegte sie sich enger
an ihre Pflegeschwester an.

Elma beugte sich nieder, schaute Thekla lächelnd
ins Gesicht und flüsterte:

„Siehst Du, er erinnert sich noch recht wohl daran, was Dein Lieblingslied war."

Diese von Elma's gutem Herzen und ihrem be-
ständigen Wunsche, Andere froh zu sehen, diktirten
Worte trafen Thekla's Seele gleich einer Anklage,
da sie lebhaft fühlte, wie unfreundlich sie den Augenblick zuvor gegen Elma gestimmt gewesen war.
Sie riefen auch ein paar große klare Perlen in die
schwarzen Augen des Kindes, und sie küßte Elma,
als wollte sie dieselbe um Vergebung bitten.

Eine Weile hernach war Nina draußen und mitten im Kreise ihrer Kinder. Thekla hatte sich zu
ihren Füßen niedergelassen, lehnte den Kopf an die

Kniee der Mutter und hörte stillschweigend den Scherzen der Andern zu.

„Was ist Dir, mein Kind, heute Abend?" fragte
Nina und beugte sich zu ihr nieder, während Eugen
und die Mädchen lustig herumsprangen und einander
zu haschen suchten.

„Warum spielst Du nicht mit, mein kleines
Mädchen?"

„Es macht mir keine Unterhaltung, Mama,"
antwortete Thekla, nahm der Mutter Hand und
legte sie auf ihr Haupt. „Ich bin verdießlich diesen
Abend."

„Worüber?"

„Darüber daß ich bösartig bin."

„Was hast Du denn gethan?"

„Mama, sprich jetzt nicht mit mir, sondern erst
wenn Alles schläft," sagte Thekla.

V.

Olga und Elma waren auf ihr Zimmer gegangen.
Eugen war bereits in die Arme des Schlafes ge-
sunken; Nina und die kleine Thekla finden wir noch
in dem Zimmer der erstern.

Nina saß in einem Armstuhl; Thekla hatte auf
einem Schemel vor ihr Platz genommen, hielt die
Hände der Mutter in den ihrigen und schaute ihr
ins Angesicht, als wollte sie darin lesen, was in
Nina's Seele vorging. Die Augen von dieser weil-
ten auf dem Mädchen mit einem Ausdruck voll Liebe
und Wehmuth.

„Mein armes Kind, wie werde ich im Stande
sein, diesem Fehler in Deinem Charakter entgegenzuarbeiten, wie werde ich Dir das Unrecht klar
machen können, welches in den Gedanken liegt, denen
Du in diesem Augenblick Dich hingibst!" flüsterte
Nina eher für sich, als zu Thekla.

„Ach, Mama, ich fühle mich eben jetzt so unglücklich, daß ich über mich selbst weinen möchte."

„Aber kam es Dir nicht in den Sinn, daß Du
an Elma, die stets so gut und herzlich gegen Feder-
mann ist, versündigest, als Du mit einem Gefühl
von Bitterkeit ihre freundlichen Liebkosungen auf-
nahmst?"

„Nein, als sie mir freundlich that, da war nur
Bitterkeit in meinem Innern. Mama," rief Thekla
heftig — „warum mußten diese fremden Kinder
auch kommen und Dein Herz mit uns, die wir Deine
eigenen sind, theilen? Welches Recht haben sie wohl
auf meiner Mutter und meines Bruders Liebe? —
Ich kann sie nicht lieben, denn sie haben mich um
mein Erbtheil bestohlen. Mein Herz kann Niemand
außer Dir und Eugen lieben, allen Andern bleibt
es fremd. O! daß sie niemals zu uns gekommen
wären!"

Jetzt verbarg Thekla ihr Angesicht in den Hän-
den und weinte, weinte heftig und leidenschaftlich.
Nina saß schweigend da und schaute auf das gesenkte
Haupt. Als Thekla mit Weinen nachließ, sprach
Nina langsam und ernst:

„Was Du da gesagt hast, Thekla, thut mir weh,
denn es verräth einen völligen Mangel an wahrem
Wohlwollen. Hast Du einen Augenblick bedacht, daß

diese Mädchen weder Vater noch Mutter haben und
ganz allein in der Welt bastehen? Und Du miß-
gönnst ihnen dennoch die Heimath, die sie unter
einem fremden Dache erlangt, die Mutter, die sie in
mir gefunden haben. — Du, die Du den Vortheil
hast, daß Deine Mutter noch am Leben ist, Du solltest eher Freude darüber empfunden haben, daß diese
vater- und mutterlosen Kinder an der Liebe, welche
Du genießest, Theil haben. Das wäre Pflicht von
Dir als einem guten Kinde und einer Christin gewesen."

Thekla weinte noch immer im Stillen.

Nach einer Pause nahm die Mutter wiederum
das Wort.

„Noch mehr; wir stehen in einer wirklichen Schuld
der Dankbarkeit gegen diese Mädchen, denn durch
die Einnahme, welche ich von ihnen habe, ist es mir
möglich geworden, mich ausschließlicher Eurer Erziehung zu widmen, als es sonst der Fall gewesen
wäre; und dann, wie gut sind sie nicht von Herz
und Gesinnung, wie wesentlich haben sie nicht zu
unserer Freude und unserem Wohlbefinden im Fa-
milienkreise beigetragen. Wie innig haben sie mich
und Euch geliebt. Wäre ich ihre eigene Mutter
gewesen, hätten sie mir nicht größere Achtung und
Liebe beweisen können, als von ihrer Seite geschehen
ist; wären sie Eure rechten Geschwister gewesen, hätten sie nicht mehr auf Euch halten können, und Du,
Thekla, Du hegst nur bittere und neidische Empfin-
dungen gegen sie."

„Neidisch!" fiel Thekla schluchzend ein. „Nein,
Mama, neidisch bin ich nicht."

„Ja, Neid ist das Gefühl, welches Du gegen sie hegst. Neid ist es, welcher Dich bitter macht; Neid ist es, welcher Dich beherrscht. — O, mein Kind, habe ich Dich so übel geleitet, so unvollkommen meine Pflicht, über Deine Fehler zu wachen, erfüllt, daß ein solches Gefühl in Deiner Brust Wurzel faffen und wachsen konnte, ohne das Bestreben meinerseits, demselben mit Kraft entgegenzuarbeiten? Kind, das würde mich tief betrüben."

„Mama, geliebte Mama," rief Thekla unter lautem Weinen, schlang ihre Arme um die Mutter und verbarg ihr Angesicht an deren Brust; „klage Dich nicht selbst an, ich bin ein gottloses, undankbares und herzloses Kind. Weine nicht, Du hast Alles gethan, was Du konntest; der Fehler liegt an mir, da ich so manchen bösartigen Gedanken Raum gegeben habe, ohne Dir davon zu sagen. Ach, ich weiß, ich fühle es, daß ich schlimmer als die Andern bin. O! daß ich wie sie werden könnte!"

Nina drückte das Haupt des Mädchens an ihre Brust und flüsterte zärtlich:

„Weine, mein Kind, weine Dich hier aus, und Alles wird besser werden."

Und besser wurde es für die kleine Thekla. Als sie wieder ruhig wurde, begann sie selbst davon zu erzählen, wie es ihr zuwider gewesen, als Elma ihre Freude darüber äußerte, daß Eugen Etwas sang, an dem Thekla Gefallen hatte.

„Mama, da fühlte ich, daß sie viel besser war, und ich hätte gern über mich selbst geweint."

„Und da beschlossest Du, niemals mehr gegen Elma bitter zu sein?"

"Nein, das that ich nicht, aber ich nahm mir vor, alle meine gottlosen Gedanken Dir zu erzählen. Ach! ich wußte, daß es dann hier besser würde."

Bei diesen Worten legte Thekla ihr Hand auf ihr Herz.

"Ja, mein Kind, es wird besser werden; denn wir werden nun beide gegen das Gefühl, welches Dich beherrscht und welches man Neid nennt, anzukämpfen suchen. Laß uns nun unsere Andacht verrichten und zu ihm, der Alles vermag, beten, daß er Dir Stärke gebe, um siegreich aus dem Kampfe hervorzugehen."

Thekla legte die Hände zusammen, während sie auf dem Schemel zu ihrer Mutter Füßen sitzen blieb, und Nina faltete die ihrigen über denen der Tochter, so daß sie dieselben umschloß.

Dann schickten Mutter und Tochter gesenkten Hauptes ein warmes Gebet zu Gott empor.

VI.

Ehe wir unsere Leser auf dem stattlichen Warnäs einführen, wollen wir über dessen Besitzer und derzeitige Bewohner eine kleine Aufklärung geben.

Der frühere Eigenthümer von Warnäs, Oberst Dernstjölb, hatte das Gut von seiner Mutter geerbt, welche mit einem Major Dernstjölb vermählt gewesen. Aus einer frühern Ehe desselben war noch ein Sohn da, dem nach seines Vater Tode nur ein sehr mäßiges Vermögen zufiel, und der gegen seinen jüngern Bruder nichts weniger als freundschaftliche Ge finnungen hegte, da dieser durch seine Mutter ein reicher Mann wurde, während er selbst in Saus und Braus sein väterliches Erbtheil bereits verschwendet hatte.

Der ältere Bruder heirathete indessen ein reiches Mädchen, brachte aber auch deren Vermögen durch. Die Frau starb nach einer fünfzehnjährigen Ehe mit Hinterlassung einer Tochter.

Nach zwei Jahren verehlichte er sich zum zweiten Mal mit einer vermöglichen Wittwe und bekam noch zwei Söhne.

Der jüngere davon, ein lebhafter und warmherziger Jüngling, hatte bei einer gewissen Gelegenheit den Respect vor dem Vater vergessen, während er seine Mutter gegen einen Ausbruch von dessen heftiger Gemüthsart in Schutz nehmen wollte. Genug, es fand zwischen dem Vater und dem Sohn ein Auftritt statt, von welchem Niemand die nähern Umstände kannte, der aber zur Folge hatte, daß der Sohn aus dem elterlichen Hause verwiesen wurde.

Einige Wochen hernach ging die unglückliche Mutter mit Tod ab, und es stand zu vermuthen, daß sie noch auf dem Sterbebette an ihren Schwager geschrieben und ihn gebeten hatte, sich des verstoßenen Sohnes anzunehmen; denn kurz nach ihrem Hinscheiden suchte Oernstjöld seinen Neffen auf, der sich in Upsala aufhielt und seinen Unterhalt mit Stundengeben erwarb.

Er nahm ihn zu sich und umfaßte den Jüngling mit väterlicher Zärtlichkeit.

Als Eduard einen Lebensberuf wählen sollte, entschied er sich für die Flotte; und als er zum erften Mal auf eine Seeerpedition ausziehen follte, ftellte er fich feinem Bater vor, um wo möglich eine Ausföhnung zu Stande zu bringen, aber wurde fowohl von ihm, als feinem ältern Bruder zurückgewiefen.

Diefes Benehmen erbitterte ben Oberft bermaßen, baß er feinen Neffen adoptirte unb zu feinem Univerfalerben einfeßte.

Ebuarb reiste ab unb blieb zwei Jahre weg.

Bei feiner Rückfehr erhielt er die Nachricht, baß fein Bater geftorben war unb ihn von allem Erbrecht ausgefchloffen, fomit fein Bruder bie ganze Hinterlaffenfchaft eingethan hatte. Diefer war übrigens gleich nach bes Baters Tob ins Ausland gegangen unb hatte fich — wie Ebuarbs Halbfchwefter, bie Majorin Klint, erzählte — in England niedergelaffen.

Einige Jahre fpäter ftarb auch ber Oberft unb Ebuarb war nun ber alleinige Erbe von beffen anfehnlichem Vermögen. Aber weder Reichthum noch Auszeichnung fchien auf bie Düfterheit einzuwirken, welche fich feiner feit bem Auftritt mit bem Bater bemächtigt hatte.

Kurz nachbem er fein großes Erbe angetreten, wurde feine Halbfchwefter Wittwe, mit 4 Kindern unb ohne Vermögen. Ebuarb lub fie ein, ihren Wohnfiß in Warnäs zu nehmen, biefes als ihre Heimath unb fich felbft als beffen Eigenthümerin zu betrachten. Was ihre Kinder anbetraf, fo feßte er eine jährliche Summe für beren Erziehung aus.

Nachbem alle biefe Anorbnungen getroffen waren, verließ er Schweben unb trat in englifche Seebienfte.

Seitdem waren zehn Jahre vergangen, und Niemand von den jungen Leuten auf dem kleinen, in der Nachbarschaft liegenden Adersberg hatten den wirklichen Besitzer von Warnäs bis jetzt gesehen.

Dagegen hatte die Majorin Klint sich schon zu Anfang ihrer Besitznahme von Warnäs sehr. artig und freundlich gegen die junge Wittwe, ihre nächste Nachbarin, bezeigt. Die Folge davon war gewesen, daß die Kinder der Majorin und die von Adersberg mit einander aufwuchsen und zum Theil gemeinschaftlichen Unterricht genossen, da es auf Warnäs einen Informator, eine Gouvernante und einen Musiklehrer gab.

Nun endlich eine kurze Schilderung der Majorin. Sie war um fünfzehn Jahre älter, als ihr Bruder Eduard, eine kleine hellblonde, etwas wohlbeleibte Frau von wohlwollendem, phlegmatischem Aussehen und Charakter. Ruhe und Friede war ihr über Alles theuer. Jede körperliche Bewegung, wie jede Geistesanstrengung war ihr zuwider. Sie verabscheute Lärm und Tumult und brachte ihre ganze Zeit, bequem in einem Lehnstuhl, oder auf einem Sopha ausgestreckt, mit einem Buch in der Hand, dahin.

Von Natur ganz gut, blieb diese Güte dennoch bei ihrem großen Phlegma ohne alle wohlthätigen Folgen, denn sie gab sich niemals in irgend einer Handlung kund. Ihre Vorliebe für Bequemlichkeit und Stille hatte die Wirkung gehabt, daß sie, um jeder Mühe und Beschwerde auszuweichen, die Sorge für ihre Kinder Miethlingshänden überließ.

So lange sie noch klein waren, standen sie unter der Hut einer alten armen Wittwe Grönwall, welche auf Warnäs allgemein „Muhme Greta" genannt wurde. Später wurden sie dem Lehrer und der Gouvernante anvertraut, und Muhme Greta's Aufsicht über sie beschränkte sich nur auf deren körperliche Pflege.

Die Mutter sah sie nur bei dem Essen, sonst aber niemals, wenn man nicht gerade ausfuhr oder Besuch bekam.

Die Folge davon war, daß sie den Kindern fremd blieb, unbekannt mit deren Fehlern oder guten Eigenschaften. Die letzteren nahm sie deßwegen als vorherrschend an, weil sie von den ersteren niemals beschwert wurde.

Wie mangelhaft diese Erziehung sein mußte, läßt sich leicht denken, und daß dieselbe mehr oder minder ungünstig auf die heranwachsenden Kinder einwirken mußte, ist unschwer einzusehen.

. Zur Zeit unserer Erzählung waren die Söhne Studenten, beide älter als Eugen. Die Mädchen standen in einem Alter, die eine von achtzehn, die andere von vierzehn Jahren und waren schön und blühend, ganz dazu geeignet, einer Mutter Freude zu machen, im Fall es diese Mutter verstanden hätte, ihre Pflichten zu erfüllen. Es waren sehr reizende Wesen, welche einem Salon hätten zur Zierde gereichen können, aber niemals Frauen in des Wortes wahrhafter Bedeutung zu werden versprachen.

Und nun, mein lieber Leser versetzen wir uns nach Warnäs am Vorabend vom Johannistag. So weit das Gedächtniß der jungen Leute in der Zeit rückwärts reichte, war sowohl am Vorabend von Johannistag, wie an dem Johannistag selbst von

Warnäs aus eine Einladung nach Adersberg ergangen.

Am erstgenannten Tage, Morgens, wanderten Eugen und die Mädchen von Adersberg nach Warnäs. Nina pflegte erst gegen Abend nachzukommen.

„Habt ihr schon gehört, daß Kapitän Dernstjölb aus England heimgekehrt sein und jetzt zu Warnäs sich befinden soll? Gestern Abend, heißt es, sei er angekommen," sagte Olga.

„Nein, davon haben wir Nichts gehört," riefen die andern drei.

„Wer hat Dir die Neuigkeit erzählt?" fragte Eugen.

„Der Laufbursche von Warnäs, welcher den Korb mit den Maibaum-Verzierungen holte."

„Und Du hast uns nicht bälder Etwas davon gesagt!" rief Elma lebhaft.

„Ich hatte heute früh noch so viel zu thun, daß ich keine Lust hatte, die Zeit zu verplaudern," antwortete Olga ganz ruhig, „besonders da die Sache an sich nicht von besonderer Wichtigkeit war."

„Nicht von besonderer Wichtigkeit, sagst Du?" fiel Elma ein; „das macht Epoche für den ganzen Ort. Hätte der Laufbursche Anders es mir gesagt, ich würde nicht eher Ruhe gehabt haben, als bis auch ihr von dem großen Ereigniß in Kenntniß gesetzt worden wäret."

„Und dadurch hättest Du Dich nur selbst aufgehalten und wärest mit dem Kranzbinden nicht fertig geworden," bemerkte Olga.

„Das ist sehr wahr; aber es ist mir unmöglich,

eine solche Verstandesmaschine zu werden. Es wäre mir erschrecklich, wenn ich so sein müßte, wie Du.“

„Bin ich denn so schreckenerregend?“ fragte Olga und sah ihre Schwester mit einem sanften Lächeln an.

„Nein, das bist Du gewiß nicht, aber — die Geduld stellst Du auf eine wahrhaft furchtbare Probe.“

„Besonders die Deinige, liebe Elma, da Du von besagtem Artikel so großen Vorrath hast,“ fiel Eugen ein.

„Ah, ich habe noch immer ebenso viel wie Du.“

„Weit gefehlt.“

„Beweise mir das, wenn Du kannst.“

„Sogleich. Habe ich nicht vielleicht Engelsgeduld mit Deiner zänkischen Gemüthsart?“ sprach Eugen, indem er mit komischem Ernst Elma ansah, welche auf der Stelle losbrach:

„Und ich mit Deiner Eigenliebe?“

„Nur ruhig, ma chère,“ fuhr Eugen in zurechtweisendem Tone fort, „Nimm ein Beispiel an Deiner Schwester, sonst bekommst Du Dein Leben lang keinen Mann. Ich wenigstens möchte eine so kleine Wespe, wie Du bist, niemals zur Frau.“

„Wirklich nicht? Kennst Du die Fabel von dem Fuchs und den Weintrauben? Du weißt wohl, daß ich Dich gar nicht zum Manne haben will.“

„Ich möchte wissen, wie er aussieht,“ fiel Thekla ein, welche schweigend neben Eugen einherschritt.

„Der Mann, welcher einmal Elma’s Auserwählter sein wird?“ fragte Eugen. „Sieh’ mich an, dann weißt Du es.“

„Ach nein, Kapitän Dernstjölb.“

„Das will ich Dir sogleich sagen,“ rief Elma.

„Er hat einen olivenfarbigen Teint, kohlschwarze Haare, schwarze Augen, schwarzen Bart und —

„Schwarze Zähne," warf Eugen lachend ein. „Aber wie in aller Welt weißt Du denn, wie der Mann aussieht? Du hast ihn doch niemals gesehen."

„Das ist wohl nicht nöthig, um zu wissen, wie ein Mensch aussieht," entgegnete Elma.

„Aber wer konnte ihn Dir so beschreiben?" fragte Olga.

„Tante Klint gewiß nicht, denn sie redet ungern von ihm.

„Muhme Greta vielleicht," fiel Thekla ein.

„Ihr irrt euch allesammt. Niemand hat ihn mir beschrieben. Gerade als ob ich mir nicht selbst einen Schluß in Bezug auf seine äußere Erscheinung bilden könnte! — Es ist ganz unmöglich, daß er anders aussehe," behauptete Elma mit Bestimmtheit.

„Und warum?" fragte Eugen.

„Darum, weil er düster ist — weil er in Indien gewesen ist, weil er ein Hagestolz ist, von welchem die ganze Gegend Etwas zu erzählen weiß, und endlich, weil —"

„Weil Du eine Phantasie besitzest, die auf lauter Schein und Einbildung ausgeht," fiel ihr Eugen ins Wort und öffnete das Gitterthor, welches in die Allee von Warnäs führte.

VII.

Bei der Mittagstafel war der kürzlich angelangte Eigenthümer von Warnäs nicht sichtbar, und auf alle Fragen, welche Elma, die beinahe vor Neugierde verging, an die Mädchen vom Hause stellte, bekam sie zur Antwort, daß sie ihren Oheim auch noch nicht zu Gesicht bekommen hätten. Er war sehr spät am Abend zuvor angekommen, hatte sich gleich nach seiner Ankunft zur Ruhe begeben und sich seitdem noch nicht sehen lassen.

Am Nachmittag vergaß Elma ihre Neugierde fast gänzlich über dem Maibaum. Olga hatte sich fortwährend ihrer Gewohnheit nach ruhig verhalten; aber die kleine Thekla sah sehr nachdenklich aus und schien bei der Arbeit an dem Maibaum sehr zerstreut.

Vor ihrer Einbildung spukte irgend etwas Mystisches in der Gestalt von Kapitain Oernskjöld. Der Gedanke an ihn verschmolz immerdar mit dem Gedanken an irgend ein Wesen aus der Sagenwelt, und sie glaubte unter den Blättern am Maibaum ein paar schwarze funkelnde Augen zu sehen, so wie er sie nach Elma's Behauptung unbedingt haben mußte.

Wenn der Maibaum fertig war und aufgerichtet werden sollte, war es immer gewöhnlich, daß die Majorin, welche den Gutsherrn repräsentirte, zugleich mit Nina anwesend war. Der älteste Sohn der Majorin, Karl, ging hinauf und bat sie herabzukommen.

Eine Weile darauf erschien die Majorin, auf den Arm eines jungen Mannes gestützt. Aller Blicke richteten sich auf ihn. Die Hintersaßen von dem Gute nahmen ihre Mützen ab, das Weibervolk verneigte sich, und Alle zusammen riefen:

„Gott segne unsern braven Gutsherrn!"
Elma ließ die Blumen, welche sie an ihre Schärpe
zu heften im Begriff war, zu Boden fallen und
starrte ihn mit halboffenem Munde und weit auf-
gerissenen Augen an.

Thekla sah ganz erstaunt aus.

„Unmöglich," dachte sie, „kann dieser Mann der
vielbesprochene Seebär sein, der, wie man sagt, so
finsterer Natur ist, daß er niemals den Mund öffnet
oder mit Jemand redet! Unmöglich, unmöglich!"

Aber so unmöglich es ihr vorkam, es war doch
so. Eduard Dernskjöld hatte nichts Melancholisches,
Menschenfeindliches, Finsteres oder Unheilverkünden-
des an sich. Er war ein Mann von mittlerer Größe
und schlankem Wuchse, obwohl die hochgewölbte
Brust und die breiten Schultern Körperstärke an-
deuteten. Die Gesichtszüge waren edel, ernst und
schön. Die großen, klaren blauen Augen hatten einen
sinnenden Ausdruck, vereint mit etwas Scharfem im
Blicke. Die Nase war gerade, die Stirne hoch, das
Haar hellbraun und voll. Der Mund hatte einen
Zug von Strenge; aber wenn er, so wie jetzt, redete,
war das Lächeln, selbst wenn sich in dasselbe eine
gewisse Ironie mischte, ohne Bitterkeit.

Auf der andern Seite der Majorin ging Nina,
und neben ihr der Musiklehrer der Mädchen, ein
junger Teutscher. Dann kamen die Gouvernante,
der junge Inspektor und Muhme Greta.

Als sie vor den mit Laub und Kränzen ge-
schmückten Bänken, welche für die Zuschauer oder
die ältern Herrschaften bestimmt waren, anhielten,
berief die Majorin die jungen Leute durch einen

Wink zu sich heran und stellte zuerst ihre eigenen, dann Nina's Kinder vor.

Für jedes derselben hatte der Kapitän ein freundliches Wort und ein artiges Lächeln, aber Elma behauptete, daß alles zusammen schrecklich kalt aussehe.

Eine Weile hernach war der Tanz in vollem Gang. Die Person, welche Eduards besondere Aufmerksamkeit erregte, war Elma. Lebhaft und fröhlich wie ein Vogel, schwebte sie im Tanze herum. Man erkannte an den strahlenden Augen, an den lächelnden Lippen, dem Elastischen in allen ihren Bewegungen, daß sie froh und glücklich war, wie die Jugend es sein muß. Die Fräulein Klint bewegten sich mit etwas gesuchter Eleganz, und die ältere kokettirte recht ansehnlich.

Olga sah heiter und zufrieden aus, aber es ließ sich deutlich erkennen, daß die Freude nicht mit dem nüchternen Verstand davon geflogen, wie es bei Elma der Fall war.

Thekla tanzte wenig; ihre Gesundheit war schwächlich, und sie konnte starke körperliche Bewegung nicht gut ertragen.

Eugen's Angesicht strahlte von Frische und Lebenslust. Als er und Elma mit einander tanzten, bemerkte Eduard gegen Nina:

„Wenn man diese beiden Kinder ansieht, so fühlt man ganz, was man mit der Jugend verloren hat. Wie schade, daß man alt werden muß!“

„Der Herr Kapitän rechnet sich doch wohl noch nicht zu den Alten,“ antwortete Nina.

„Es sind nicht die Jahre, welche uns älter machen, sondern die Erfahrungen, die wir vom Leben einthun. Sie, Madame, können, obwohl Sie einen erwachsenen Sohn haben, sich noch nicht unter die Alten zählen, da Gott es Ihnen erspart hat, so viel von der Welt zu sehen, als mir beschieden war."

„Und ich möchte behaupten, daß es weder die Jahre noch die Erfahrungen sind, welche uns älter machen, sondern unser Mangel an der Stärke des Gemüths, um die Prüfungen, welche die Vorsehung uns sendet, zu ertragen. Bewahren wir unter allen Wechselfällen des Schicksals unsere angeborne Elasticität des Geistes und die feste Ueberzeugung, daß Alles, was geschieht, zu unserem Besten dient, dann bleiben wir an Herz und Gefühl jung, wenn auch die Jahre unsern Körper gebeugt haben."

„Sie wollen doch nicht behaupten, daß das Böse, welches geschieht, uns zum Nutzen diene?"

Es kommt darauf an, was man Böses nennt. Haben wir selbst es uns zugezogen, dann müssen wir es wieder gutzumachen suchen; haben Andere es gethan, so sollen wir es aus unserem Gedächtniß vertilgen."

„Das ist eine allzufromme Lebensphilosophie, als daß sie von einem Andern, als demjenigen adoptirt werden könnte, der ein frommes Gemüth hat," bemerkte Eduard lächelnd; „ich, der ich damit nicht begabt bin, kann mir eine solche auch nicht bilden. Ich bin an der Seele alt geworden, obwohl ich den Jahren nach immer noch jung genannt werden könnte."

„Gestatten Sie mir, zu behaupten," antwortete Nina, „daß dieses vermeintliche Alter der Seele

eher eine Krankheit in der Einbildung, als etwas
Wirkliches ist. Es bedarf Nichts weiter, als daß
ein Gegenstand Ihr Interesse erweckt, und Sie werden selbst finden, daß Ihre Seele noch ihre ganze
Jugendkraft bewahrt hat."

„Aber wie glauben Sie denn, daß dieser Gegenstand sein würde, den ich jetzt erst träfe, nachdem ich ihn vergebens in der ganzen Welt gesucht
habe?"

„Gerade darum, daß Sie ihn auf der ganzen
Welt und in allen möglichen Gestalten gesucht haben, ist er vor Ihnen geflohen. Einer unserer Dichter
sagt:

Ein Thor sucht draußen, was daheim er hat."

„Sehr wahr; auch bin ich nun daheim. Aber
sehen Sie dort eine Person" — er deutete auf
Thella, welche in einiger Entfernung, die Hände in
den Schoos gelegt und den Blick nicht auf die Tan-
zenden, sondern auf die Mutter gerichtet, im Grase
saß — „die, obwohl noch ein Kind, dennoch aussieht,
als ob ihre Seele die Jugend bereits hinter sich gelassen hätte."

„Sie irren sich, Herr Kapitän. Sie urtheilen
nach der gelben Hautfarbe, den bleichen Lippen, nach
dem zarten, schwachen Körper, und glauben, daß die
Seele gleich dem Antlitz erbleicht sei — aber betrachten Sie einmal ihr Auge, und Sie werden darin
warme, starke und jugendfrische Gefühle lesen.
Glauben Sie mir, meine kleine gelbe Lilie hat so
viel Jugendleben und Feuer in ihrer Brust, daß sie
gern von dem Uebermaaß Etwas ablassen könnte.

„Gestatten Sie mir eine Einwendung zu machen. Ich sage nicht, daß es Ihrer kleinen Tochter an Gefühl gebricht, wohl aber an kindlicher Fröhlichkeit. Ihre Seele ist früh reif, vielleicht eben darum, daß ihre Gefühle glühend und stark sind; aber das ist nur ein Beweis für die Wahrheit meiner Worte: daß sie, obwohl ein Kind an Jahren, in Bezug auf die Seele bereits dem Alter verfallen ist."

„Vielleicht haben Sie Recht," antwortete Nina mit einem unterdrückten Seufzer und richtete einen lächelnden Blick auf die Tochter; „wenn es sich aber hinsichtlich meiner kleinen Thekla wirklich so verhält, so habe ich auch Recht mit meiner Behauptung, daß es nicht die Erfahrung ist, welche uns alt an der Seele macht, sondern unser eigenes Innere, und die größere oder geringere Elasticität unseres Gemüths. Glauben Sie wirklich, daß ein Gemüth, wie das Elma's" — Nina deutete auf diese — „jemals alt werde?"

„Nein; denn es wird stets die lächelnde Hoffnung sie begleiten und auf den Ruinen jeder erfahrenen Täuschung oder Widerwärtigkeit sich mit neuen Illusionen in ihrem Schooße wieder erstehen. Außerdem liegt in diesen bis zum Extrem lebhaften Gemüthern ein eigenthümliches Vermögen, unaufhörlich die Gefühle zu wechseln, was sie für alle Eindrücke empfänglich macht und zur Folge hat, daß Sorge und Bekümmerniß nur flüchtige Gäste in der Seele sind."

„Sie haben einen sicheren Blick, Herr Kapitän," entgegnete Nina. „Ach! möge das Schicksal mein

fröhliches, lächelndes Kind dort mit Sorge und Bekümmerniß verschonen!"

Am Johannistag zog man von Warnäs aus
insgesammt zur Kirche. Zu Mittag kamen alle
Nachbarn, und am Abend tanzte die Jugend wieder.
Aber jetzt geschah es in dem großen Saal zu Warnäs, und es ging dabei sehr hoch her.

Nach einem der Tänze wanderte der älteste von
den Söhnen der Majorin, Karl Klint, mit Olga an
seinem Arm, hinaus in den von jungen Leuten er-
füllten Park.

Man flüchtete dahin, um sich ein wenig abzu-
kühlen.

„Weißt Du, Olga," sprach Karl und umschloß
mit der freien Hand die Olga's, welche auf seinem
Arm ruhte, „daß ich nun meine Studien beendigt
habe und im Herbst mich für den Staatsdienst in-
scribiren zu lassen gedenke?"

„Das ist schnell mit Dir gegangen, Karl," antwortete Olga.

„Weißt Du, wem das Verdienst daran gebührt?"

„Dir selbst, natürlich. Dem Eifer, womit Du
Deine Studien betrieben hast."

„Du irrst Dich; denn dieser Eifer hätte nicht
stattgefunden, wenn Du nicht vor meiner Seele als
Ziel und Lohn meines Strebens gestanden wärest."

„Ich!" rief Olga lächelnd und sah unbeschreiblich
verlegen aus.

„Ja Du; oder sollte Olga wohl alle unsere ent-
zückenden Luftschlösser für die Zukunft, unsere Gelübbe vergessen haben? — Olga, sieh mich an und
sprich: hast Du sie vergessen?"

Er beugte sich zu ihr nieder und schaute sie mit
einem warmen und fragenden Blick an.

„Sie vergessen? Nein, Karl; aber ich wagte nicht
und wage jetzt noch nicht, mein Herz an diese Träume
zu hängen; denn solltest Du Deine Gedanken und
Reigungen ändern, dann will ich, daß Du vollkommen frei bist und Dich nicht durch irgend ein Versprechen an mich gebunden erachtest. Dein Glück,
Karl, ist mir viel theurer als mein eigenes.“

„Aber, Olga, kommt diese Furcht nicht daher,
daß Dein eigenes Herz sich nur schwach zu mir hin-
gezogen fühlt?“

„Mein Herz ist ein sehr eigensinniges Herz,“
antwortete Olga; „und es hängt so fest an Dir,
daß es sich wahrscheinlich niemals einem Andern ergeben wird; aber es ist auch ein stolzes Herz, welches durchaus nicht will, daß Du eines Tags nur
aus Pflichtgefühl unsere Geschicke vereinigst. Es
fordert unbedingt, daß Du ebenso viel auf mich halten sollst, wie jetzt.“

„Und so wird es bei mir auch stets sein, geliebte
Olga. Aber siehst Du, ich will nicht nach Stockholm
reisen, ohne den Beweis am Finger mitzunehmen,
daß Du mir Dein Herz und Deine Treue verpfändet
hast.“

„Das wäre alsbald eine Fessel, Karl,“ wandte
Olga ruhig aber ernst ein; „und ich wünsche, daß
Du Dich als vollkommen frei betrachten sollst.“

„Gut, wir wollen jetzt nicht weiter davon reden,
aber bei meinem nächsten Besuch in Ackersberg den
Gegenstand wieder aufnehmen.“

In diesem Augenblick lenkten sie in die große

Allee ein und stießen auf den Kapitän, welcher mit einiger Ironie gegen seinen Neffen bemerkte:

„Du bist ein schöner Kavalier, der nicht aufpaßt, wenn die Musik ruft, sondern seine Dame vergeblich warten läßt; aber in einer so liebenswürdigen Gesellschaft läßt sich Deine Vergeßlichkeit leicht erklären und entschuldigen," setzte er, gegen die erröthende Olga gewendet, mit Artigkeit hinzu.

VIII.

Am folgenden Tage, nachdem man den Bewohnern von Adersberg noch ein Stück weit das Geleite gegeben, und die Majorin sich in ihr Zimmer zurückgezogen hatte, um sich von allen den Anstrengungen, denen sie die zwei vergangenen Tage ausgesetzt gewesen war, zu erholen — finden wir den Kapitän und den jungen Herrn Karl in einer Promenade in dem großen Park begriffen.

„Es sollte mich interessiren, Etwas von der liebenswürdigen Wittwe, unserer Nachbarin, zu vernehmen," bemerkte der Kapitän. „Als ich vor zehn Jahren beim Antritt des mir von meinem Oheim hinterlassenen Gutes hieherkam, hielt ich mich nur so kurze Zeit auf, daß mir keine Muße blieb, die Bekanntschaft unserer Nachbarn zu machen. Du aber wohnst seit zehn Jahren hier, stehst mit den Leuten in jenem Hause auf vertraulichem Fuße und kannst mir somit eine Schilderung der Familie geben, besonders da es nach Allem, was ich beobachtet habe, so aussieht, als sollte ich mit derselben noch verwandt werden."

„Du hast richtig gerathen, Oheim; ich kenne nicht allein die ganze Familie, sondern hänge auch mit meines Herzens wärmsten Hoffnungen an einem der Mädchen, an welchem, das will ich Dir hernach sagen."

„Ah, das ist ganz überflüssig."

„Um so besser," erwiederte Karl, indem er mit einem freimüthigen Lächeln seinen Oheim ansah. „Sie braucht sich ihrer Person nicht zu schämen, sollte ich glauben."

„Nein, Du hast einen guten Geschmack, zum Mindesten was das Aeußere betrifft. Sie ist ein ganz hübsches Mädchen.

„Das ist gleichwohl ihr geringstes Verdienst; doch jede von einem Liebhaber ausgehende Schilderung sieht immer übertrieben aus; deßhalb will ich lieber auf ihre Erzieherin übergehen."

„Und daran thust Du ganz recht, denn ich glaube niemals, was ein verliebtes Menschenkind in Bezug auf den Gegenstand seiner Liebe sagt."

Karl sah seinen Oheim einen Augenblick schweigend an und machte sich im Stillen noch einige Betrachtungen über den Mann, welcher nur um wenige Jahre ihm selbst an Alter voranstand und doch seinem ganzen Reden und Thun nach so bedeutend älter erschien.

Da indessen diese Betrachtungen zu keinem Resultate führten, so nahm er nach einigem Schweigen, welches Eduard gar nicht zu beachten schien, wieder das Wort.

Von Frau Ulrici's Ehe und früherem Schicksal
weiß ich blos, daß ihre Mutter ein Mädchenpen-
sionat hielt, und daß die Tochter bis zu ihrem sieb-
zehnten Jahr, wo die Mutter mit Tod abging, ihr
dabei behülflich war. Tante Nina hatte sich, wie
man sagt, kurz zuvor mit Kapitän Ulrici verheirathet.
Nach einer siebenjährigen Ehe — ob glücklich oder
unglücklich, weiß ich nicht — starb ihr Mann mit
Hinterlassung einer Wittwe und zweier Kinder, sammt
einer Masse Schulden, welche sein Vermögen soweit
verschlangen, daß nur sechs tausend Reichsthaler
übrig blieben. — Dafür kaufte sie Ackersberg, und
von da an datirt sich meine eigentliche Kenntniß von
der Familie. Das Uebrige hat mir eine alte Magd
erzählt, denn Frau Ulrici, welche aus dem nördlichen
Schweden kommt, war bei ihrem hiesigen Erscheinen
für Jedermann ein Fremdling. Ihr Schwager, der
Hüttenwerksbesitzer Ulrici, kaufte für sie das kleine
Gut hier und verschaffte ihr einen tüchtigen und zuverläßigen Mann von seinem Werke, welcher dasselbe bewirthschaftet. Als sie das Besitzthum antrat,
sah es in Ackersberg, wie es heißt, sehr schlimm
aus. Ihre Mittel gestatteten ihr nicht, weitere Re-
paraturen, als an den beiden Zimmern im Erdgeschoß, vorzunehmen. — Als sie ein Jahr hier war,
starb ihre Schwägerin und vertraute deren Obhut
ihre beiden Töchter an, wofür Tante Ulrici die Zin-
sen von dem Kapital der Mädchen, was sich für
beide jedoch nicht höher als auf sechshundert Reichsthaler jährlich belief, erheben sollte."

„Das will mit andern Worten sagen, daß sie so
gut wie arm ist, die Wittwe hier."

Es kam Karl vor, als ob in dem Ton seines Oheims ein gewisser Hochmuth läge, weßhalb er schnell und mit einiger Heftigkeit antwortete:

„Nicht arm, denn sie bedarf Niemands Hülfe; aber ihr Einkommen ist gering."

„Nun, das ist dasselbe, wie arm; aber fahre fort."

„Mit vollem Vertrauen auf den Großknecht Anders legte sie die Bewirthschaftung des Gutes in seine Hand und er hat dieselbe als ein ganzer Mann betrieben."

„Ohne sie zu bestehlen?" fragte Eduard ironisch.

„Ja, ohne sie zu bestehlen. Es sind nur schlechte Gutsherrn, welche Diebe zu Dienern bekommen."

„Da muß ich selbst einer dieser schlechten Gutsherrn sein, denn mein Inspektor war, scheint es, weniger gewissenhaft, als Großknecht Anders; — aber kommen wir auf die Wittwe zurück, welche sich wohl zur Ruhe setzte und Romane las, während der Knecht das Land baute."

„Ganz und gar nicht. — Sie that etwas viel Besseres; sie bildete sich selbst, indem sie ihre kleinen Kinder erzog, um sie auch später, wenn sie groß geworden, leiten zu können. Ueberdieß eröffnete sie sich mehrere kleine Einkommensquellen. Sie schaffte sich Hühner an und verkaufte die Eier. Sie stickte Hauben und machte Sonntagskleider für die Bäuerinnen der Gegend und nahm bei unserem gelehrten Pastor Unterricht in verschiedenen Gegenständen, um hernach die ihrer Pflege anvertrauten Kinder selbst darin zu unterweisen. Ich war erst ein vierzehnjähriger Junge, mit der Behaglichkeit des Familien-

lebens, der Pflege einer Mutter u. dergl. völlig
unbekannt, als ich Besuche in Ackersberg zu machen
anfing. Die Mädchen waren damals sieben, sechs
und vier Jahre, Eugen neun alt. Wie oft saß ich
nicht schweigend abseits am Kachelofen und betrachtete Tante Ulrici, wenn sie Abends während
der Arbeit durch kleine, leichtfaßliche Erzählungen
die Aufmerksamkeit ihrer Kinder fesselte und deren
Verstand und Herz auf das Gute und Edle zu
richten bemüht war. Wie glücklich fühlte ich
mich nicht, wie aufmerksam lauschte ich nicht auf
diese kleinen Erzählungen, und wie einsam und verlassen fühlte ich mich hier zu Hause, wenn ich zu-
rückkam, nachdem ich in den kalten, finstern Winter-
abenden allein den Weg von Ackersberg zurückgelegt hatte. Keine Mutter saß hier am Heerde, wie
zu Ackersberg, und erzählte uns Kindergeschichten,
die Gemüth und Verstand bildeten; keine Mutter
spielte hier einen muntern Tanz für uns auf, keine
Mutter folgte mit Interesse unsern Spielen, und
gab Acht, wie unsere Gemüthsart sich äußerte. Die
Folge von diesen Beobachtungen war, daß ich, sobald unsere Lectionen am Abend geschlossen waren,
nach Ackersberg eilte und dort meine freien Stunden zubrachte. Du siehst wohl, Oheim, daß ich auf
diese Weise mit allen den kleinen Familiengewohn-
heiten bekannt wurde und erfuhr, wie dort die Zeit
verfloß. Ich wußte, daß Tante Ulrici jeden Morgen zwischen vier und fünf Uhr aufstand und an
ihren Stickereien und Hauben arbeitete und durch
diesen Nebenerwerb eine kleine Summe zusammen-
brachte, welche für Eugens Studien bestimmt war;

Bis zu seinem eilften Jahre hatte er niemals einen andern Lehrer gehabt, als seine Mutter; aber von da an kam er alle Vormittage zu uns, um gegen eine dafür festgesetzte Bezahlung den Unterricht unseres Informators zu genießen."

„Aber Frauenerziehung ist in der Regel für junge Burschen nicht von sehr hohem Werth. Die Mütter verziehen gewöhnlich ihre Söhne," fiel der Kapitän ein.

„Das war bei dieser Mutter nicht der Fall, versichere ich Dich. Sie hatte sich nicht nur bei allen ihren Kindern in deren verschiedene Gemüthsart hineingelebt, sondern auch klar eingesehen, daß der Sohn körperlich und geistig zum Mann herangebildet werden müsse. Sie ließ ihn darum in seinen Freistunden Anders begleiten, an dessen Beschäftigungen, so weit seine Kräfte es gestatteten, Theil nehmen. Er mußte sich seine Kleider, Stiefel und Schuhe selbst putzen. Sie ließ ihn in Holz arbeiten und gewöhnte ihn daran, selbst beim Spiele irgend etwas Nützliches zu treiben."

„Gerade so verfuhr sie bei den Mädchen. Sie erzog dieselben so, daß sie tüchtige Hausfrauen werden sollten, ohne deßhalb an der jugendlichen Frische und Fröhlichkeit eine Einbuße erleiden zu müssen. Sie ließ dieselben von Anfang, gleichsam zur Belohnung, an den Haushaltungsgeschäften Theil nehmen und machte diese dadurch zu Etwas, das ihnen lieb und werth war. Sie waren noch ganz jung, als Tante Nina mit ihnen, unter meinem Beitritt, den alten verwilderten Garten auszuputzen begann. Mit welcher Freude arbeiteten wir nicht

alle! Wie sehnten wir uns nicht nach dem Abend,
wenn diese Arbeit ihren Anfang nehmen sollte; denn
sie war nur auf diese Feierstunden beschränkt worden. Ich legte gewöhnlich den Weg zwischen Warnäs und Adersberg springend zurück, so groß war
meine Ungeduld, dahin zu gelangen. Unter unserer
zum Spiel betriebenen Arbeit verwandelten wir den
Garten in ein kleines Reich der Flora, mit Küchen-
gewächsen hinter den regelmäßig angelegten, sauber
gehaltenen Fliederhecken."

„Einige Wochen hernach wurde eine Reparatur
in den obern Zimmern vorgenommen, und diese Auf-
gabe gleichfalls in den freien Stunden unter vieler
Lust und Freude von Tante Ulrici und den drei
ältern Kindern zu Stande gebracht. Eugen strich
die Decke an, und Tante Ulrici mit den Mädchen
klebte die Tapeten auf. Aber die fröhliche Zeit
verging nur allzuschnell. Ich reiste nach Upsala
und Eugen begleitete mich, um daselbst zur Schule
zu gehen, denn seine Mutter erachtete es für höchst
nothwendig, daß er durch Kameradschaft und Dis-
ciplin einen ernstern Begriff von Erwerbung der
Kenntnisse erhielte, als sich dieß im Umgang mit
meinem jüngern Bruder als Kameraden und Vor-
bild bewerkstelligen ließ; mir, damals einem siebzehn-
jährigen Jüngling, übertrug sie die Aufsicht über
ihren Sohn, aber sie that dieß auf eine Art und
Weise, welche deutlich zeigte, daß sie meinen Charakter kannte, denn sie bewies mir ein Vertrauen, worauf ich stolz war, und welches zu rechtfertigen ich
mir heilig vornahm — und ich habe es nicht ge-
täuscht. — Wir wohnten zusammen, und ich wandte

meine Mußestunden an, Eugen Hülfe zu leisten. Ich, der ich Tante Nina's beschränkte Mittel kannte, machte es mir zu einer Ehrensache, daß unser Haus= halt so wenig als möglich kostete, da sie die Hälfte davon tragen sollte; und noch in diesem Augenblick thut es mir wohl, zu denken, daß ich dieser aus= gezeichneten Frau einigen Nutzen schaffen konnte, da ich durch sie geworden, was ich bin. Denn ohne den Besuch in ihrem Hause, ohne das Beispiel, das ich dort sah, ohne die Gewohnheiten, die ich mir dort aneignete, wäre ich, wie mein Bruder Svante, nichts als ein Müßiggänger."

"Du sprichst nicht mit sonderlichem Lobe von Deinem Bruder. Ist es etwa Deine Absicht, ihn bei mir herabzusetzen?"

"Ganz und gar nicht. Ich habe nur eine Wahr= heit ausgesprochen. Svante hat nicht geringere An= lagen als ich; im Gegentheil, er ist lebhafter, ge= wandter und im Besitze größerer Fähigkeiten zur Erwerbung von Kenntnissen als ich. Aber er hat, der gehörigen Aufsicht entbehrend und Miethlings= händen überlassen, sich der Unthätigkeit und dem Hang zur Genußsucht hingegeben."

"Aber dieß macht die Sache nicht besser; denn Du klagst nur indirekt Deine Mutter an, daß sie ihre Pflichten gegen Euch nicht erfüllt hat."

"Das ist sicherlich nicht meine Absicht, aber da= um nicht minder wahr. Doch, wenn Du es er= laubst, Oheim, so wollen wir davon abbrechen."

"Und zu der Wittwe zurückkehren; — gern, er ich fürchte, daß über sie nun Alles, was sich gen läßt, auch gesagt ist, denn der Sohn ist ja

erft Student und die Mädchen find noch nicht alle
erwachfen. Was fie auch für eine vortreffliche Frau
fein mag, fo hat fie doch wohl nicht ihre Mädchen
zu etwas Anderem, als zu tüchtigen Haushälterin-
nen erzogen? Oder haben fie auch noch andern Unterricht gehabt?"

„Ja, von ihr felbft, fonft von Niemand, mit
Ausnahme Thekla's, welche hieher kommt und bei
Herrn Meyer fpielt, da fie ungewöhnliche mufikali-
fche Anlagen hat,

„Aber können fie wirklich gebildet heißen?"

„Es kommt darauf an, Oheim, was Du unter
dem Wort Bildung verftehft. Hältft Du für Bildung, daß fie irgend ein halsbrechendes Stück auf
dem Piano ausführen, daß fie Französisch plappern,
kleine Blumen zeichnen, häkeln und ftiden können,
daß fie die neueften Romane lefen, die neuefte Mode
kennen und fo weiter, dann find die Mädchen Melbén nicht gebildet; nennft Du es hingegen Bildung,
Oheim, ohne Schwierigkeit jedes Werk aus dem
Deutfchen oder Französischen lefen zu können, in der
Gefchichte fo weit bewandert zu fein, um nicht blos
die Jahrszahlen, den Geburts- oder Todestag eines
Königs zu wiffen, fondern auch über die Kultur
und den fittlichen Zuftand jedes Zeitalters Auffchluß
zu geben, um in der Geographie, der Naturgefchichte
zu Haufe zu fein, die Mutterfprache richtig zu fchrei-
ben und endlich einzufehen, daß man einen Zweck
im Leben hat, dann find fie wirklich gebildet. Sie
haben gehört, daß Arbeiten eine Ehre ift, und daß
kein Menfch das Recht hat, fein Leben und fei-
Zeit zu verfchwenden, fondern daß Jedermann,

reich oder arm, irgend Nutzen zu stiften suchen muß. Wenn Du das Bildung nennst, Oheim, dann sind Tante Ulrici's Mädchen gebildet,"

„Gut, stimmt auch nur die Hälfte von dem, was Du von Frau Ulrici und ihren Kindern sagst, mit der Wirklichkeit überein, dann ist sie eine seltene Frau. Willst Du, so gehen wir morgen hin."

IX.

Am Abend des folgenden Tags wanderten Kapitän Eduard und Karl nach Ackersberg und überraschten dort die kleine Familie, wie sie eben damit beschäftigt war, den blühenden Garten zu begießen und zu säubern.

Eugen stand im Begriff, ein paar Spalierpfähle zu schneiden, und Elma hüpfte um die Rabatten herum, begoß die Blumen aus der Kanne, die sie in der Hand hielt, während sie ganz munter mit ihrer kindisch schwachen Stimme sang:

Die Blume mir befreundet ist,
Die Blume kennt nicht Trug noch List. u. s. w.

Thekla kniete vor einem Ephеu, den sie eben aufbinden wollte. Nina und Olga waren damit beschäftigt, die Beete von Unkraut zu reinigen, und hinter der Fliederhecke nahm Debora den Spinat in genauern Augenschein.

Niemand hatte die Ankömmlinge eher bemerkt, als bis Eduard und Karl die Gartenthüre öffneten

6 *

und eintraten, wo dann Nina und Olga, die sich zunächst befanden, ihrer zuerst gewahr wurden.

Nina erhob sich lächelnd und ging Eduard entgegen. Ohne das mindeste Zeichen von Verlegenheit zog sie ihre Handschuhe ab und reichte dem Kapitän die Hand.

„Herzlich willkommen, Herr Kapitän, obwohl ich befürchte, Ihnen meine Hand kaum reichen zu können."

Der Kapitän faßte die ihm zur Hälfte dargereichte Hand und führte sie an seine Lippen, indem er mit einem Ausdruck von Hochachtung hinzufügte:

„Ich bin stolz darauf, eine so fleißige Hand zu küssen."

Hier wurde er von Elma unterbrochen, welche mit der Gießkanne in der Hand herangesprungen kam und von Eugen verfolgt wurde.

„Tante, Tante, beschütze mich!" rief sie, drehte sich um und befand sich, Auge in Auge, Eduard gegenüber. Sie erröthete, verbeugte sich und zog sich verlegen hinter Nina zurück, während Eugen mit einem Spalierpfahl in der einen, und einem Messer in der andern Hand heranstürzte. Als er den Kapitän erblickte, blieb er stehen, grüßte mit seinem frohen, muntern Gelächter und schüttelte Karl die Hand.

Nina wollte ihre Gäste in das Haus führen, der Kapitän aber bat sie, bleiben zu dürfen, wo sie wären.

Der Abend verfloß sehr angenehm. Der Kapitän wußte das Gespräch so geschickt einzuleiten, daß auch die Mädchen sich bewogen sahen, daran Theil zu nehmen, und er erstaunte über deren einfache und gefällige Ausdrucksweise und über den Bildungsgrad, welcher sich in ihren Aeußerungen zu erkennen gab.

Karl betrachtete seinen Oheim und lächelte im Stillen über den Ausdruck von Ueberraschung, welcher sich auf des Kapitäns Angesicht zeigte.

Endlich, als Nina ihre Gäste nöthigte, in das Haus zu treten, um ein einfaches Abendbrod zu sich zu nehmen, sagte der Kapitän, indem er der Wirthin den Arm bot:

„Ich habe gehört, Frau Ulrici, daß Ihre jüngste Tochter ungewöhnliche musikalische Anlagen besitzt. Es ist schade, daß sie hier auf dem Lande keine Gelegenheit hat, dieselben auszubilden."

„So viel Thekla dessen bedarf, wird es sich, wie ich hoffe, schon machen lassen, wenigstens so lang Herr Meyer in Warnäs ist. Mein Wunsch geht nicht dahin, daß Thekla eine Künstlerin wird, sondern sie soll blos so viel Kenntnisse erwerben, daß sie in Zukunft Nutzen daraus ziehen kann. Thekla hat große Lernbegierde im Allgemeinen, und diese, wünsche ich, soll befriedigt werden, damit sie nicht, indem es ihr an einer vernünftigen Richtung fehlt, auf Abwege geräth."

„Aber Madame, die Laufbahn einer Künstlerin ist durchaus nicht zu verachten."

„Zu verachten nicht, aber doch so abenteuerlich, daß eine Mutter, bei wahrer Liebe zu ihrem Kind, niemals den Wunsch hegt, ihre Tochter dieselbe betreten zu sehen; denn selbst im glücklichsten Fall, wenn der Erfolg einer Künstlerin lächelt, ist dieß etwas so Vorübergehendes, daß sie, an Huldigung und Ruhm gewöhnt, eines Tags mit Schmerz sich vom Publikum vergessen sehen wird, und dann besitzt sie nicht mehr das Vermögen, ihr Glück und Wohlsein im Familienleben zu suchen und zu finden."

„Wenn aber die Anlagen Ihrer Tochter sich so entwickeln sollten, daß sie nur als Künstlerin sich glücklich fühlen kann, so wäre es ein Unrecht, sie daran zu hindern."

„Das ist auch nicht meine Absicht; aber sie soll erst in das Alter gelangen, wo sie selbst beurtheilen kann, was für sie das Beste und Nützlichste ist, und klar zu bestimmen vermag, ob sie den Muth besitzt, um der in Aussicht stehenden Vortheile willen mit Schwierigkeiten zu kämpfen; aber niemals werde ich sie dazu erziehen, oder ihren Sinn auf ein Lebensziel richten, welches mehr der Eitelkeit schmeichelt, als dem Herzen Befriedigung gibt."

„Sie scheinen mir etwas zu streng zu sein, Madame," fiel Eduard lächelnd ein.

„In welcher Beziehung denn?"

„Sie wollen der Frau die Genüsse, welche die Ehrbegier bietet, verweigern und sie in einen allzu engen Kreis einschließen. Dem Genie, wo es sich findet, beim Mann oder bei der Frau, muß es freigestellt werden, seine eigene Bahn zu gehen, ohne daß es sich durch irgend welche Rücksichten daran gehindert sieht."

„Darin haben Sie vollkommen Recht, aber das Genie muß doch vorher sich entwickelt haben, so daß

es klar erkennt, was es will und wohin es geht.
Bei diesem Kinde findet sich diese Entwicklung noch
nicht, und es ist die Pflicht des Erziehers, das junge
Gemüth zu unterweisen und ihm eine gesunde Richtung zu geben. Wenn das Gemüth seine völlige
Ausbildung hat, dann ist es erst an der Zeit, mit
gereifter Einsicht seine Kräfte zu prüfen und selbst
seine Bahn zu wählen.

*   *   *

„Nun, Onkel, was hältst Du von den Bewohnern von Adersberg?" fragte Karl, als er und
Eduard spät am Abend heimkehrten.

„Die Wittwe Ulrici ist nicht nur eine ungewöhnliche Frau, sondern eine in jeder Hinsicht reich be-
gabte Person, welche ihre Vernunft weder durch
Einbildung, noch durch Eitelkeit irre führen läßt."

„Und dennoch, Onkel, besitzt Frau Ulrici einen
wahrhaft poetischen Schwung und etwas wirklich
Geniales in ihrem ganzen Wesen."

„Wie wenn es einer andern, als einer überlegenen Seele möglich wäre, das Leben so richtig auf-
zufassen. Es liegt immer wahre Poesie darin, das
Schöne überall aufzufinden."

X.

Es würde uns zu weit führen, Tag für Tag
den Einwohnern von Adersberg zu folgen.

Der Sommer verfloß wie ein heiterer Jugendtraum. Der Herbst kam und mit ihm die Trennung von der Heimath für Eugen, welcher dießmal ohne Karl, aber in Gesellschaft von Svante Klint sich nach Upsala begab.

Als der Wagen an der Krümmung der Straße verschwand, blieb Nina unbeweglich auf der Vortreppe stehen, die Augen starr auf die Straße gerichtet. Ein eigenthümliches Gefühl von Ruhe und Beklemmung ergriff ihr Herz, und sie betete mit tiefer Andacht für ihr Kind, dessen sämmtliche Fehler ihr so genau bekannt waren und nicht unbegründete Furcht einflößten, um so mehr, als er jetzt den zuverläßigen und besonnenen Karl nicht mehr zur Seite hatte.

Es war als ob eine Ahnung von irgend einem Unglück sich ihres Herzens bemächtigt hätte, als sie so dastand und dem abreisenden Sohn nachschaute.

Aus diesen ihren ängstlichen Gedanken wurde sie durch eine kleine Hand, welche die ihrigen faßte, und durch ein Lippenpaar, welches sich darauf drückte, erweckt. Nina blickte hernieder auf Thekla, welche mit Thränen in den Augen sie betrachtete.

In diesem Augenblick schlug ein heftiges Schluchzen an ihr Ohr und als sie nach der Seite sah, von wo es herkam, bemerkte sie, daß Elma auf einer Bank lag und weinte.

Olga hatte bereits die Thränen getrocknet, welche durch den Abschied hervorgerufen worden waren, und suchte ihre Schwester zu beruhigen.

Nina beugte sich zu Thekla herab und küßte sie auf die Stirne.

„Wird es nicht recht leer bei uns sein, da Eugen fort ist?" fragte sie.

„Ja wohl," antwortete das Kind und legte seinen Arm um der Mutter Hals, indem es flüsterte: „glaubst Du, daß er uns gleich lieb haben wird, wenn er wieder zurückkommt?"

„Ganz gewiß!"

„Soll ich denn nicht Frieden haben!" rief Elma weinend. „Rede nicht mit mir, Olga, ich bin so unglücklich, so unglücklich Denke, wenn wir ihn nie wieder sehen sollten."

„Elma, mein Kind, überlaß' Dich nicht so ganz Deiner Heftigkeit. Steh' jetzt auf, wir wollen in den Garten hinunter und den Baum begießen, welchen Eugen gepflanzt und unserer Pflege so ernstlich empfohlen hat."

Einige Augenblicke hernach lächelte Elma, obwohl ihre Wangen noch von Thränen feucht waren, und eine Stunde später hörte man sie leise trillern und davon reden, wie sie Eugen bei seiner Wiederkehr mit etwas Angenehmem überraschen könnte. Ihre fröhliche, lebhafte Seele wandte sich von der Gegenwart, die so voll von Betrübniß war, ab und griff mit Eile nach der Zukunft, welche ihr voll Hoffnung und Freude entgegenlachte.

Olga suchte der allgemeinen Betrübniß durch ihre Freundlichkeit entgegenzuwirken und zerstreute sich selbst durch Arbeit.

Thekla blieb still, ohne eine Milderung des Kummers, der ihr Herz bedrückte, zu wünschen oder zu versuchen.

Nina erkannte als das beste Mittel zur Lindetung des Schmerzes eine kurze Entfernung vom Schauplatze desselben und schlug darum vor, einen Besuch im Pfarrhause zu machen.

Nun hatten die Mädchen daran zu denken, und sobald Mittag vorüber war, spannte man das einzige Pferd vom Gute an den kleinen viersitzigen Wagen. Nina machte selbst den Kutscher und so ging es fort nach dem Pfarrhause.

XI.

Wir überspringen ein Jahr. Es war zu Anfang des Frühlings, und Upsala wieder von der Jugend bevölkert. Die Vorlesungen waren in vollem Gang. Die Fleißigern widmeten sich mit Eifer ihren Studien; die minder Ordentlichen führten ein lustiges Kneipenleben.

In einem sehr dürftig möblirten Zimmer in der Schwarzbachstraße saß an einem stürmischen Februarabend ein Jüngling von einundzwanzig Jahren. Das Zimmer war kalt, und er hatte zum Schutz gegen die Kälte seinen Ueberrock angezogen.

Er ruhte mit dem Elnbogen auf dem Tisch und stützte den Kopf mit der Hand. Sein Blick war starr auf das mit langem Docht brennende Lichtstümpchen, welches beinahe ganz niedergebrannt war, gerichtet; der Ausdruck in seinen Augen war düster, das Antlitz bleich, das reiche Lockenhaar wirr und unordentlich; die Lippen waren fest zusammengepreßt, als ob sie die Bitterkeit, die in ihm sich regte, zurückhalten wollten.

Auf dem Tisch lag neben ihm ein erbrochener Brief.

Er war in seine Grübeleien so vertieft, daß er nicht hörte oder nicht beachtete, wie die Treppe unter einem haftigen Tritt knarrte und eine muntere Stimme sang:

„Da hab' ich mich jetzt warm und müde gesprungen."

Im nächsten Augenblick flog die Thüre sperrweit auf und ein Jüngling von dreiundzwanzig Jahren kam in das Zimmer hereingerauscht.

„Holla, Eugen, sieh' was ich aufgefischt habe. Jetzt können wir wieder flott leben," rief er aus und hielt Eugen einen Fünfundzwanzigthaler-Schein unter die Augen.

„Du haft also Geld mit der Post erhalten?" fragte Eugen, ohne den Kopf zu erheben.

„Mit der Post? Ja, da kannst Du zusehen. Nein, mit der erhielt ich weiter Nichts, als einen langen Brief von vier Seiten, lauter Moral, in meines Oheims nichtswürdigem Styl. Es wäre nicht nöthig gewesen, den ganzen Tag draußen herumzulaufen, wenn er statt dessen nur vier Zeilen geschrieben und sie mit vier solcher Bürschchen begleitet hätte. Jetzt mußte ich in der ganzen Stadt herumrennen, um nur diesen hier aufzutreiben."

Mit diesen Worten warf sich Svante Klint auf einen Stuhl Eugen gegenüber, schleuderte die Mütze auf den Tisch und rief:

„Pfui Teufel, wie kalt ist es hier!"

Dann sprang er auf, eilte auf die Hausflur und begann zu rufen:

„Brita! Brita!"

„Was ist nun das wieder für ein Geschrei!" ließ sich eine nicht sehr harmonische Stimme von unten herauf vernehmen.

„Komm' herauf! Ich will einen Bankzettel wechseln lassen.

Diese Worte wurden sehr stolz ausgesprochen; dann lehrte er in das Zimmer zurück, wo Eugen noch immer unbeweglich dasaß.

„Ei der Tausend! was hast Du denn? Siehst Du nicht, daß wir Geld gefaßt haben? Fürs Erste lassen wir Feuer machen und dann Speise herbeischaffen. Es ist heute bei uns beiden ziemlich hungrig hergegangen. Wir können sagen, daß wir Fasten gehalten haben; denn wenn ich die paar armseligen Tassen Kaffee abrechne, welche ich Brita abstreiten mußte, so habe ich nicht einen Bissen zu mir genommen. — Doch, das ist gleich, ja wohl," sang Svante, „wir werden unsern Schaden wieder nachholen. In einer Stunde haben wir Höl, Lundqvist und Blom hier, und dann brauen wir uns eine dampfende Bowle."

Jetzt ging die Thüre auf und eine alte Frau von abstoßendem Aussehen trat ein.

„So kommst Du endlich, Häßlichste aller Häßlichen," rief Svante ihr entgegen; „begreifst Du nicht, Abbild des Geizes, daß wir ein Feuer im Ofen haben wollen. Siehst Du" — und damit hielt er ihr ben Bankzettel unter die Augen — „kann dieß Dein edles Herz nicht rühren?"

Brita's Angesicht erhellte sich, und sie antwortete mit sauersüßem Lächeln:

„Ich will sogleich nach Holz hinuntergehen, aber Sie müssen auch billig sein und dürfen sich nicht wundern, wenn ich jede Woche baar bezahlt sein will. Wer, wie ich, schon so viele Jahre die Herrn Studenten bedient hat, der hat auch gelernt, vorsichtig zu sein und —"

„Und weil mich friert, so will ich Feuer haben, und darum Marsch!"

Damit faßte Svante Brita am Arm und schob sie zur Thüre hinaus. Als diese sich hinter ihr geschlossen hatte, sagte Eugen, indem er den Kopf erhob:

„Was sind das für Dummheiten, diese drei hieherzuschleppen; da gibt es doch nur ein Saufgelage, und morgen stehen wir wieder auf demselben Fuß wie heute."

„Saufen wollen wir allerdings," rief Svante.

„Und bleiben sitzen den lieben langen Tag,
Und rauchen, zechen, so lang es halten mag."

„Und machen damit den armseligen paar Pfennigen den Garaus," fiel Eugen mit bitterem Lächeln ein.

„Nun ja, was ist's dann? Wir haben einen fibelen Abend gehabt, schlafen ein Stück in den Vormittag hinein und —"

„Wachen ohne Geld wieder auf."

„Mein Sohn, sorge nicht für den andern Tag, sondern gedenke, daß ein jeder Tag seine eigene Plage hat. Kommt Zeit, kommt Rath."

„Eine schöne Lebensphilosophie, auf Ehre."

„Weißt Du eine beſſere? Aber was iſt denn das für ein Brief?“

Evante ſtreckte die Hand nach dem Briefe aus, welcher neben Eugen auf dem Tiſche lag.

„Darf man ihn leſen?“

„Ja wohl.“

Jetzt kam Brita mit Holz und zündete, während Evante mit höchſt komiſcher Miene den Brief las, ein tüchtiges Feuer an. Als dieß geſchehen war, ſagte ſie:

„Ich vermuthe, daß die Herrn ſich Etwas nach Hauſe holen laſſen, denn zum Ausgehen iſt es gar zu abſcheuliches Wetter.“

„Ja ſo, Du vermutheſt es, Du zärtliches, mitleibiges Herz, das uns heute nicht einmal Kaffee geben wollte, weil es ein Tag über die Woche war, und Du die verfloſſenen ſieben Tage noch gut hatteſt.“

„Ich verſichere, daß — —“

„Du eine Hexe biſt, das weiß ich. Jetzt ſchaffe uns vier Portionen Eſſen, Bier, Branntwein und Brod her, beſtelle in dem Keller da unten eine Bowle Punſch, ſo, jetzt mach' daß Du fortkommſt.“

Als Brita fort war, zog Evante einen Stuhl an den Ofen und begann wieder mit komiſchem Ernſt an dem Brief zu leſen.

„Nun, was ſagſt Du zu dem Inhalt?“ fragte Eugen.

„Ach, das iſt rührend und ganz meiſterhaft. Ich hätte wahrhaftig Luſt, ihn auswendig zu lernen. Denke, was mein Onkel, der arme Kerl, für eine Arbeit gehabt hat, mit derſelben Poſt zwei ſolche

Briefe zu schreiben, einen an mich, der mich schwarz macht, wie den schwärzesten Mohren, mich einen Verführer, Zechbruder, Verschwender, Tollkopf und Gott weiß was nennt, und diesen da an Dich, mein Junge, worin er Dir zärtlich ans Herz legt, meine Gesellschaft als schädlich, verderblich zu fliehen u. s. w."

„Der Oheim hat mit dem, was er sagt, ganz recht."

„Vollkommen recht, das versteht sich."

„Ei, mein Gott, die Herren sitzen ja im Finstern," rief Brita.

„Natürlich, ein Lichtstümpchen kann nicht in Ewigkeit dauern; schaffe zwei Lichter her."

Das Essen wurde gebracht, Licht angezündet, und Brita richtete das Bett, während Svante und Eugen mit günstigstem Appetit in die Schüsseln einhieben.

Während sie so basaßen und tranken, klärte sich Eugens Gesicht auf. Als das Mahl zu Ende und das Bier ausgetrunken war, zeigte er sich ebenso froh und munter wie Svante.

„Nun wollen wir unsere Rechnung abmachen, Mutter," sprach Svante, zu der Aufwärterin gewendet. Er bezahlte ihr sofort das Geld für Kaffee und Holz, das sie ihr schuldig waren.

„Das hier ist für die verflossene Woche; aber das sage ich Dir zum Voraus, wofern Du noch einmal so grob bist wie heute, so kannst Du Deinen Kaffee selbst trinken und brauchst uns dann nicht mehr weder mit Holz noch Kaffee zu versehen oder uns Deine Dienste zu widmen."

In diesem Augenblick hörte man einige junge

Leute, mehr schreiend als singend, die Treppe herauf kommen.

„Die sind bereits angestochen, das hört man am
Laute," sagte Eugen.

„Um so lustiger wird es," antwortete Svante
lachend.

Und lustig wurde es. Die bestellte Bowle wurde
schnell getrunken und dann kam noch eine dazu.

Als es Eins schlug, taumelte Eugen auf wan-
kenden Beinen nach seinem Bette. Er hatte sich am
längsten und besten gehalten. Die übrigen ruhten
bereits auf ihren Lorbeeren.

XII.

Die Februarsonne stand hoch am Himmel, als
Eugen die Augen aufschlug. Die drei fremden Zech-
genossen waren schon lang erwacht und hatten sich
nach Hause begeben, um in ihren eigenen Betten
zu schlafen. Eugen streckte sich, gähnte und rief:

„Schläfst Du, Svante?"

„Ei zum Teufel, freilich schlafe ich, und etwas
Anderes zu thun, verlohnt sich der Mühe nicht,"
antwortete Svante ärgerlich.

„Welche Zeit kann es wohl sein?"

„Das geht mich Nichts an; meine Uhr ist übrigens
bei dem Uhrmacher."

Eugen sprang aus dem Bett, während er lächelnd
antwortete:

„Seltsam genug, auch die meinige befindet sich
bei demselben Uhrmacher."

Dann rief er Brita.

„Willst Du schweigen und mich in Ruhe lassen, damit ich wieder schlafen kann."

„Aber wir müssen heute in die Vorlesung von Professor ***."

„Der Professor mitsammt seiner Vorlesung mag zum Teufel gehen; oder glaubst Du, daß man Lust hat, gelehrte Vorlesungen anzuhören, wenn man aufwacht, ohne mehr als ein armseliges Zwölfschillingsstück zu besitzen. Was ist das doch für eine erbärmlich Welt, in der wir leben!"

Damit drehte sich Svante nach der Wand herum.

„Das habe ich Dir ja schon gestern gesagt. Du hättest meinen Rath befolgen sollen."

Jetzt trat Brita mit Kaffee ein.

„Was für erbärmliches Zeug bringt Sie da?" schrie Svante. „Glaubt Sie, daß ich von ein paar so kleinen Dingern da satt werde?"

Bei diesen Worten deutete er auf das Körbchen, worin vier Zwiebacke lagen. „Schaffe Sie wenigstens deren zwanzig herbei."

„Aber nach unserer Uebereinkunft sollte ich nur zwei Zwiebacke auf jede Portion legen."

„Ich glaube, Du willst raisonniren, Du Hexe. Mehr Zwiebacke her, sage ich, und setze sie auf die Rechnung."

Während Svante auf solche Art seiner üblen Laune Luft machte, hatte Eugen sich angekleidet.

Als Brita mit weitern Zwiebacken herr beulen sie ihren Kaffee, und Svante unterhielt sich damit, daß er Eugen nachäffte.

„Das habe ich Dir ja schon gestern gesagt

Du hätteſt meinen Rath befolgen ſollen.'" — „Weißt
Du was, Eugen? Es gehört ein ziemlicher Grad
von Dummheit dazu, um herzukommen und ſo Etwas
zu ſagen. Als ob mit ſolchem Schnickſchnack unſere
Lage verbeſſert würde. Aber man hört Dir an, daß
Du von Frauen und unter Mädchen erzogen worden
biſt, ſonſt würdeſt Du kein ſolcher Pedant ſein."

„Ich ein Pedant?" rief Eugen lachend, jedoch
ohne ſich eines Erröthens erwehren zu können.

„Ganz gewiß. — Weißt Du, wie ich zu den
Fünfundzwanzig gekommen bin, die jetzt ſchon wieder
zum Teufel ſind?"

„Auf eine Verſchreibung hin, natürlich."

Svante richtete ſich auf den Ellnbogen auf und
ſah Eugen mit komiſchem Ernſt an.

„Sehe ich wirklich aus, als ob für mich noch
irgend Etwas von weitern Verſchreibungen zu hoffen
wäre. Mein guter Junge, Du biſt ein Narr. Ich
wäre nicht im Stande, auch nur noch einen Schilling
auf dieſem Wege aufzutreiben."

„Dann haſt Du wohl von irgend einem Kameraden geborgt."

„Als ob noch irgend einer da wäre, von dem ich
nicht ſchon gepumpt hätte. Nein, mein Sohn, ich
habe ſie im Spiel gewonnen."

„Pfui! Im Spiel!"

„Biſt Du nicht ein ächtes „Mammenkind", ſo
gibt es deren keines. Ach, mein Sohn, geh und
beichte Deine Sünden bei dem erſten beſten Prieſter,
denn zu zechen und mit wackelnden Beinen ſich ins
Bett zu legen, iſt gewiß eine große Sünde. Du biſt
ein wahrer Haubenſtock."

„Svante, jetzt ist es genug, höre auf, sonst —"

„Sonst — was?" fragte Svante lachend. „Sollte es vielleicht möglich sein, daß mein Mammenkind böse würde? Lohnt nicht der Mühe, mein Junge, denn Du hast Dich wirklich gut angelassen, seitdem ich Hand an Dich legte. Trinken kannst Du schon wie ein ächter Bursche; lerne noch spielen, dann habe ich Ehre von Dir."

„Schöne Ehre, ein Säufer zu sein."

„Das ist vielleicht besser, als sein Leben lang ein Haubenstock zu bleiben. So ein Leander, wie Du früher warst, der unter Mädchen im Grünen sitzt und Kränze windet und den Geruch von Punsch nicht ertragen kann. Pfui tausend! Aus solchen Theewasserhelden wird nie etwas Großes."

„Aber aus saufenden Studenten werden große Männer."

„Ganz gewiß. Es ist ein Uebermaß von Leben und Feuer, welches zu Thorheiten führt, wenn man jung ist, und welches, sobald das Blut sich abkühlt, zur Wirkung hat, daß man Etwas in der Welt ausrichtet. Ich fühle an mir, daß ein großer Geist in meiner Brust wohnt. Du wirst sehen, daß ich ein großer Mann werde."

„Du!" rief Eugen lachend. „Ein großer Säufer, ja; aber darin wird gewiß Deine einzige Größe bestehen."

„Besser Etwas als Nichts. Lebe wohl. Ich gedenke jetzt den ganzen Tag zu schlafen, und hoffe, daß Du, wenn es dunkel wird, deinerseits mir einen fröhlichen Abend bereitest. Ich sorgte für gestern, und nun bist Du verpflichtet, für die Bedürfnisse

7 *

von heute zu sorgen, sonst wärest Du das einzige
Wesen, an das ich eine Forderung zu stellen hätte.
Denke über die Sache nach, wenn Du der dummen
Vorlesung von Professor * * * anwohnst. Ich lege
Dir meinen hungrigen Magen an's Herz; vergiß
nicht Deine Schuld an ihn zu bezahlen."

Damit drehte sich Svante an die Wand, indem
er noch hinzusetzte:

„Ich bin durch Unpäßlichkeit verhindert, die Vorlesung heute zu besuchen."

Eugen hatte unter Svante's Geplauder unauf-
hörlich die Farbe gewechselt, und man konnte in seinem
Angesicht den Ausdruck verletzter Eigenliebe, der
Scham und des Aergers lesen.

Ohne eine Antwort zu geben, ging er nach der
Thüre und legte die Hand auf das Schloß; in demselben Augenblick wurde angeklopft.

Eugen drehte den Schlüssel, und vor ihm stand
ein Briefträger.

„Herr Ulrici hat auf der Post einen rekommandirten Brief in Empfang zu nehmen," meldete der
Mann und übergab den Rekommandationszettel.

Mit einem Sprung war Svante aus dem Bett
und an Eugen's Seite, und reichte dem Postoffician-
ten das einzige Zwölfschillingsstück, das ihm noch
von den fünfundzwanzig Reichsthalern übrig geblieben war.

„Nehmen Sie das für Ihre Mühe," sprach
Svante und schloß die Thüre wieder, worauf er sich
zu Eugen wandte: „Laß' sehen; wenn es eine ver-
schlossene Rekommandation ist, so handelt es sich nicht

um Geld, sondern um eine Citation. Nun, laß mich sehen;" — und damit riß er Eugen das Papier aus der Hand.

„Fünfhundert, sage fünfhundert Reichsthaler!" rief Svante überrascht aus. „Mein Freund, Du mußt einen Engel zur Mutter haben, welche Dir fünfhundert Reichsthaler sendet. Das ist sublim, rührend, großartig."

„Schweig', Unglücksvogel, und nenne meine Mutter nicht," rief Eugen und warf sich auf einen Stuhl. — „Ja, sie ist ein Engel, und wie lohne ich ihr!"

„Schwatze keine Dummheiten. Du genießest das Leben, sie bezahlt die Fiedeln dazu, und das ist ganz in der Ordnung. Wenn Du in das gesetzte Alter kommst, gibst Du ihr Revanche, denn es ist edel von ihr, dem Sohne fünfhundert Reichsthaler zu schicken."

„Willst Du schweigen; der Brief kommt nicht von meiner Mutter; Du siehst doch, daß er von Nordland kommt."

„Von Nordland! — ganz richtig, aber von wem? Vielleicht hast Du eine Eroberung, welche dort wohnt und von unserer bekümmerten Lage Kunde erhalten hat. Nun, was der Tausend, sitzest Du nun da und hängst den Kopf? Du bist doch ein wahrhaft blöder Junge; man braucht nur den Namen Deiner süßen Mutter zu nennen, so verziehst Du gleich die Lippen. — Komm, laß' uns Deinen rekommandirten Brief abholen und hernach ein Frühstück einnehmen; dann bestellen wir ein gutes Mittagessen, und her-

nach folgt bei uns ein stattliches Gelage. Es lebe
die Freude!"

Eugen nahm schweigend seine Mütze, und dann
begaben sie sich nach dem Postbüreau. Unterwegs
fragte Svante:

„Aber von wem kann der Brief sein?"

„Von meines Vaters Bruder."

„Ei der Teufel, das ist ein honneter Oheim,
etwas ganz Anderes, als mein Moral predigender
Mutterbruder, welcher anstatt Geldes mir, wie Ham-
let sagt „Worte, nur Worte" schickt."

Eugen marschirte schweigend weiter, ohne nur ein
Wort auf des Andern Geplauder zu erwiedern.

Als sie den Brief in Empfang genommen, und
Eugen denselben geöffnet hatte, lag in dem Couvert
neben dem Geld ein Brief,

Als Svante diesen sah, rief er:

„Mein Junge, folge meinem Rath und verbrenne
den Brief ungelesen, denn von Geld begleitete Briefe
sind stets desselben Inhalts; sie beginnen und schließen mit: ,spare, werde verständig, lerne einsehen,
daß Geld Etwas ist, das man nicht verschleudern
darf. Studire wie ein Pferd, schinde Dich wie ein
Vieh, so wirst Du mit der Zeit ein braver Kerl.' —
Aber was zum Teufel machst Du? Ich glaube, Du
beabsichtigst in vollem Ernst, die abscheuliche Epistel
von einem Oheim zu lesen, der das Podagra hat
und darum gottesfürchtig geworden ist und ganz
und gar vergessen hat, daß er selbst einst jung gewesen. Nein, mein Bruder, laß uns frühstücken und
blos die honnete Seite Deines Oheims, nämlich sein

Geld, im Auge behalten. Man darf niemals Galle
in den Freudenkelch des Lebens gießen."

Ob Svante's Argument wirkte, oder ob Eugen
einen andern Grund dazu hatte, können wir nicht
sagen, aber so viel ist gewiß, daß der Brief in die
Brusttasche gesteckt wurde, und sie zum Frühstück sich
aufmachten. Als dieß vorüber war, stand Eugen auf
und sprach:

„Bestelle Du das Mittagessen und den Abend-
schmaus, Svante, aber höre noch, was ich Dir zu
sagen habe: Dieß ist das letzte Mal, daß ich noch
ein Trinkgelage mitmache. Ich stecke tief in Schulden. Ich will einen Theil dieses Geldes dazu anwenden, mich davon los zu machen, und dann wieder mit vollem Ernst an die Arbeit gehen. Ich
habe ein ganzes Jahr verschleudert, ohne ein einziges
Examen erstehen zu können, und so darf es nicht
fortgehen. — Ich würde vor Scham sterben, wenn
man zu Hause eine Ahnung davon hätte, wie ich meine
Tage hinbringe und zu welchen elenden Vergnügungen
Zeit und Geld verschwendet wird."

„Tra—la—la, tra—la—la, wie schön das lau-
tet. — Weißt Du was, Eugen? Du bist durchaus
kein guter Kamerad, denn Du setzest Dich, so oft
Dir Geld eingeht, auf das hohe Pferd; das thue
ich niemals. Da theile ich allemal meine Freude
mit Dir und bin glücklich und vergnügt. Lebe wohl,
ich hoffe, Du bist nach dem Mittagessen in besserer
Stimmung. Ein gutes Mittagessen belebt die Seele,
denn, wie ein gewisser Dichter sagt, „ohne Bier und
Speise ist der Held ein Nichts. — Bei Norberg
treffen wir uns."

XIII.

Oft hängen unsere Handlungen von der Einwirkung eines einzigen Wortes ab. So war es auch mit Eugen der Fall. Die Worte: „Deine Mutter muß ein Engel sein", welche Svante in seinem Leichtsinn ausgesprochen, hatten alle die bessern Gefühle in ihm erweckt. Er glaubte sie zu sehen, diese zärtliche Mutter, wie sie mit Kummer und Schmerz ihren auf Abwege gerathenen Sohn betrachtete. Er glaubte ihre liebevolle Warnung, ihr mildes Wort zu hören, und faßte den ernstlichen Vorsatz, von der gefährlichen Bahn, welche er betreten hatte, sich abzuwenden.

Mit diesem ernstlichen Entschluß war er abgegangen, um seinen Brief zu holen. Mit dem festen Entschluß, wieder arbeitsam und ordentlich zu werden, kehrte er heim und zog seines Oheims Brief heraus.

Aber nun sollte es sich auch zeigen, wie wenig es in der Welt bedarf, um die besten Vorsätze zu erschüttern.

Als Eugen seines Oheims Brief zu Ende gelesen hatte, veränderte sich plötzlich sein Gesichtsausdruck; vorher ernst und bekümmert, wurde er jetzt zornig und höhnisch.

Mit unbändiger Heftigkeit knitterte er den Brief zusammen und warf ihn auf den Tisch.

„Er glaubt also das Recht zu haben, mir einen Verweis zu geben. Mir dünkt, er wagt sogar zu drohen. Bildet er sich etwa ein, ich sei ein Sclave

und müſſe mir von ihm Geſetze vorſchreiben laſſen?
Nein, daraus wird Nichts, da er ſo wenig Zartge-
fühl beſitzt, um in ſo geringſchätziger Weiſe ſich über
meinen Vater zu äußern, ſo will ich ihm beweiſen,
daß meine Abſicht iſt, zu leben, wie mir beliebt."

Eugen blieb vor dem Tiſche ſtehen und ballte die
Fauſt über dem Gelde, während er mit unterdrücktem
Zorn murmelte:

„Warum muß ich ſo arm ſein, daß ich ihm nicht
dieſes Geld zurückſchicken kann? Ha, es iſt entſetz-
lich, Gaben von denjenigen annehmen zu müſſen,
welche uns bemüthigen!"

Der Brief lautete folgendermaßen:

„Zur Zeit meines Beſuchs bei Deiner Mutter im
vorigen Jahr verſprach ich ihr einen Beitrag zu den
Koſten Deiner Studien, da ſie zu deren Beſtreitung
keinen andern Ausweg hatte, als ihr kleines Gut zu
verpfänden. Wie Du ſelbſt weißt, erſparte ich ihr
den größern Theil der Ausgaben für Dich im verfloſſenen Jahre, und ſie wäre deinetwegen nicht das
geringſte Geldopfer zu bringen genöthigt geweſen,
wenn Du ordentlich und ſparſam gelebt hätteſt.
Aber Du biſt, wie Dein Vater, ein ächter Egoiſt.
Du haſt nicht nur die von mir ausgeſetzten fünfhundert Reichsthaler, ſondern auch verſchiedene kleinere
Summen von Deiner armen Mutter durchgebracht
und ſollſt noch dazu, wie ich mir habe ſagen laſſen,
tief in Schulden ſtecken. Ich erkläre Dir demnach,
daß ich, wenn Du Deinen ſchlechten Gewohnheiten
nicht entſagſt, meine Hand von Dir abziehe und
Deine Mutter wiſſen laſſe, was Du für ein Leben

führſt. Bedenke, daß dieſe Unterſtützung die letzte
iſt, die Du von mir erhältſt, wofern ich hören muß,
daß Du es forttreibſt, wie bisher. — Ich bin nicht
der Mann, der ſich zum Narren halten läßt, und
dulde keinen Ungehorſam gegen mich; am allerwenig-
ſten leide ich es von Dir, der von jeher mir zuwider
geweſen iſt, da ich ſtets die Ueberzeugung gehegt
habe, daß aus Dir ein ebenſo herzloſer Egoiſt und
leichtſinniger Menſch würde, wie Dein Vater. Wäre
es nicht um Deiner Mutter willen, ſo hätte ich niemals Etwas für den Sohn meines Bruders gethan.
Erinnere Dich deſſen, im Fall Du etwa Dir einbilden ſollteſt, Du könnteſt mich zur Nachſicht gegen Deine
Ausſchweifungen bewegen.

„Gotthard Ulrici.“

Wenn man bedenkt, daß Eugen ſeinen Oheim
beinahe gar nicht kannte, daß er ſeit ſiebzehn Jahren niemals perſönlich mit ihm zuſammengetroffen
war, ſowie, daß er von Natur eitel und ſtolz war,
ſo wird man leicht einſehen, daß dieſer Brief, der
erſte und einzige, den er jemals von ſeinem Oheim
bekam, nicht gerade dazu geeignet war, beſſere Gefühle zu erwecken. Alle ſeine guten Vorſätze ver-
ſchwanden; das Bild der geliebten Mutter wurde
von dem gereizten Stolz und der verwundeten Eitelkeit
verdrängt, und eine unbezwingliche Begierde, dem
Oheim zu trotzen, bemächtigte ſich ſeiner. Er wollte
dieſem Oheim eben dadurch, daß er deſſen Befehlen
zuwiderhandelte, beweiſen, wie wenig Achtung er vor
ihm hatte.

XIV.

Wie das Semester so schnell zu Ende ging, war Etwas, das weder Eugen, noch Svante begreifen konnte. Es war dahin geschwunden wie ein Fiebertraum.

Weit entfernt, nur den fröhlichen Theilnehmer an Trinkgelagen, bacchanalischen Gesängen und Spielen zu machen, war Eugen die Seele von allen diesen Lustbarkeiten geworden. Seine schöne Stimme, sein munteres fröhliches Wesen setzte ihn bei dem singenden und trinkenden Theil der Studentenschaft in die höchste Gunst. Die Vorlesungen wurden versäumt, die Studien bei Seite gelegt; denn man war höchst selten dazu disponirt. Im Uebrigen verging die Zeit schnell, getheilt zwischen Geldpumpen und munterer Gesellschaft.

Svante hatte ausgestreut, daß Eugen, ein Neffe von dem Hüttenwerksbesitzer Ulrici, nur Geld zu verlangen brauche, um alsbald es zu bekommen. Dieß erleichterte Eugens Anleihe-Operationen und diente dazu, ihn dem Raube des Abgrunds immer näher zu bringen.

Das Semester war geschlossen; aber weder Eugen noch Svante sahen ein Mittel, von Upsala wegzukommen, da ihre Gläubiger ihnen auf dem Nacken waren.

Genug, Svante, der sich immer zu helfen wußte, kam auf den Einfall, Eugen sollte nach Hause schreiben, daß sein Freund Svante krank wäre und daß

er es für seine Pflicht hielte, bei ihm zu bleiben
und ihn zu pflegen.

Obgleich diese Unwahrheit Eugens noch nicht
ganz verdorbenem Herzen widerstrebte, ging er doch
am Ende auf den Vorschlag ein. Schon der Gedanke, seine Mutter wieder zu sehen, war ihm peinlich. Er fühlte, daß er ihrem Blick nicht begegnen
konnte, daß er in demselben Augenblick, da er vor
ihr stände, vor Scham vergehen würde.

Wenn er sich dann all das Elend vorhielt, welches sein Leichtsinn zur Folge haben mußte, wenn
seine Gläubiger, des Wartens müde, sich endlich an
die Mutter wenden würden, so konnte er nicht einmal die Vorstellung ertragen, sie wieder zu sehen,
welche Alles für ihn geopfert hatte.

Eugen machte es, wie so Viele vor ihm: um
dem Anblick des Bösen, das er verschuldet hatte, zu
entgehen, suchte er die Erinnerung daran zu betäu-
ben; anstatt es besser zu machen, machte er es nur
schlimmer durch die Mittel, welche er anwandte, das
murrende Gewissen zu beschwichtigen.

Die Geschichte von Svante's Krankheit machte
Glück, denn er erhielt Geld von seiner Mutter und
überdieß von seinem Oheim.

Eugen erhielt gleichfalls einen Brief von seiner
Mutter sammt einer kleinen Geldsumme. Aus dem
ganzen Brief war ersichtlich, daß es die Mutter An-
strengung gekostet hatte, auch dieses Wenige zu sen-
den: denn sie hatte mehrmals schon während des
Semesters ihm Geld übermacht, da weder er noch
sein Oheim sie von der Gabe des letztern in Kenntniß gesetzt hatte.

Zwei Tage ging Eugen mit dem Brief der Mutter in der Tasche herum, ohne daß er den Muth hatte, ihn zu öffnen.

Endlich als er allein war, zog er ihn hervor und las ihn unter Thränen.

Den Augenblick darauf stellten sich zwei Gläubiger ein, und von einem Dritten bekam er einen Brief, und als diese Masse von Schulden, ohne Aussicht, sie bezahlen zu können, auf ihn drückte, da nahm er seine Zuflucht wieder zum Glas, um mittelst desselben seinen Kummer zu vergessen.

Mit Hülfe der letzterhaltenen Gelder halfen sich Eugen und Svante über die Ferien in Upsala durch, ohne daß sie die Heimath besuchten. Beim Beginn des neuen Semesters erhielt Eugen einen Brief von seiner Mutter, angefüllt mit den wärmsten Bitten, an seine Examina zu denken und deren Abschluß möglichst zu beschleunigen. Jedes Wort athmete die unbegrenzteste Liebe, die zärtlichste Unruhe.

Auch die Mädchen schrieben Briefe voll Anhänglichkeit und Aufmunterung.

Der Brief der Mutter rührte Eugen, diejenigen der Mädchen machten einen lebhaften, obschon nicht dauernden Eindruck auf ihn. Er faßte die schönsten Entschlüsse, blieb ganze vierzehn Tage lang ein Muster von Fleiß und Ordnung, aber in der dritten Woche war der Eifer wieder erkaltet; die Lustbarkeiten und die heitern Gesellschaften mit Kameraden lächelten ihm so verführerisch entgegen, und die vierte Woche steckte er wieder mitten in den alten übeln Gewohnheiten.

XV.

Eines Abends im October hatte sich ein Haufe lustiger Studenten in einem der Keller von Upsala versammelt. Es wurde stark pokulirt und fröhlich dazu gesungen. Die berauschenden Dünste waren den meisten der Anwesenden zu Kopf gestiegen; der Jubel wurde stürmisch, das Singen ging in Geschrei über, und die Schwächern stützten den Elnbogen auf den Tisch, um dadurch den Körper aufrecht zu erhalten.

Zu denen, welche erst in dem Stadium ausgelassener Fröhlichkeit angelangt waren, gehörte auch Eugen Ulrici. Er stand aufrecht da mit dem Glas in der Hand und sang mit seiner vollen klaren und schönen Stimme eines von Bellmanns Liedern. Wenn man ihn so sah, mit den von Wein blitzenden und freudestrahlenden Augen, dem zurückgeworfenen Haupte, der wolkenfreien Stirne, so hatte er etwas so edel Schönes, daß man unwillkürlich von einem schmerzlichen Bedauern beschlichen wurde, ihn an diesem Orte, umgeben von Tabakrauch und berauschten Kameraden, zu finden.

In einem dunkeln Winkel des Saales saß ein Mann in einen Mantel eingehüllt und betrachtete Eugen mit beharrlicher Aufmerksamkeit. Er war die ganze Zeit so dagesessen und hatte die ganze Stufenleiter der jugendlichen Lustbarkeit verfolgt.

Während er auf Eugens schöne Stimme hörte und sein von jugendlichem Frohsinn und Uebermuth

ſtrahlendes Antlitz betrachtete, murmelte er bei ſich
ſelbſt:

„Wie ſchade, wenn er hilflos zu Grunde ginge."

Der Frembling blieb jedoch unbeweglich, ſo ſehr
auch dieſe Worte ein Intereſſe an dem, was vor
ſeinen Augen vorging, zu verrathen ſchienen.

Unter Schreien, Lärmen und Toben verging noch
eine Stunde. Die Uhr auf der Domkirche ſchlug
Zwölf und man machte Anſtalt, ſich auf den Heim-
weg zu begeben.

„He da," rief Eugen, welcher jetzt gleichfalls
ſchwach in den Knieen geworden war, „nimm mich
unter den Arm, Svante, und laß uns einen Marſch
im Saale herum verſuchen."

Mit wackelnden Beinen und lärmender Stimme
wurde der Verſuch ausgeführt.

Gerade als Svante und Eugen an dem in den
Mantel gehüllten Frembling vorübergingen, erhob
ſich dieſer und trat einen Schritt näher. Ohne
das Angeſicht zu entblößen, flüſterte er Eugen in's
Ohr:

„Wenn Ihre Mutter Sie jetzt ſähe, würde ihr
das Herz brechen."

Eugen blieb wie vom Donner gerührt ſtehen.
Der wackelnde Gang, das trunkene Ausſehen ver-
ſchwand augenblicklich. Er ſtand aufrecht da und
ſtarrte den Fremden an, welcher langſam an ihm
vorbeiging und den Saal verließ.

„Nun, zum Teufel, warum bleibt ihr denn
ſtehen? Vorwärts, marſch!" ſchrie man hinter dem
nüchtern gewordenen Eugen und dem noch trunkenen
Svante her.

Ohne eine Antwort zu geben, oder in den Gesang einzustimmen, zog Eugen seinen Kameraden mit
sich aus dem Saale und führte ihn nach Hause,
während unaufhörlich die Worte des Fremdlings in
seinem Ohr wiederhallten. Zugleich damit trat das
Bild der Mutter vor seine erhitzte Phantasie. Er
sah, wie sie ihn mit Schmerz und Verzweiflung betrachtete; es war ihm, als fragte sie:
„Lohnst Du so meine Liebe?"

Es war ihm, als ob alle bösen Geister ihm folg-
ten, und sich an seiner Demüthigung freuten. Mit
einem Gefühl von Eckel betrachtete er seinen taumeln-
den Kameraden, und jetzt, wo er in Folge des heftigen Eindrucks, den des Fremdlings Worte auf ihn
gemacht hatten, nüchtern geworden war, erschien ihm
dieser Anblick so widrig, daß er mit wirklichem Ab-
scheu daran dachte, wie oft er selbst sich in einem
solchen Zustand befunden hatte.

Endlich stand er vor der Hausthüre, und es gelang ihm mit vieler Mühe, seinen Kameraden die
knarrende Treppe in ihr Zimmer hinaufzubringen.
Hier schaffte er denselben in das Bett, schleuderte ihn
beinahe hinein, um nur sein lärmendes Gelall nicht
länger anhören zu müssen, zündete Licht an, stieß
aber fast einen Schrei des Entsetzens aus, als er
den Fremdling im Mantel sich gerade gegenüber
stehen sah.

Das von starkem Getränke erhitzte Blut schoß
beim Anblick des Unbekannten, eines Augenzeugen
von seiner Erniedrigung, eines Anklägers von seinem
Thun, wie Feuer ihm durch die Adern. Die Eigen-

liebe erwachte und fragte: „Mit welchem Recht
drängt dieser Fremde sich an mich?"

Unter dem Einfluß dieses Gefühls trat er einen
Schritt auf den Unbekannten zu und sprach mit stol-
zer, befehlender Stimme:

„Herunter mit dem Hut, zurück mit dem Mantel!
Was haben Sie hier zu schaffen?"

Der Unbekannte zog langsam den Hut ab, warf
den Mantel von sich, und vor Eugen stand Kapitän
Eduard Dernskjöld, ruhig und ernst den jungen Mann
betrachtend, welcher bei seinem Anblick unnatürlich
bleich wurde und, das Gesicht in den Händen ver-
bergend, auf einen Stuhl sank.

Der Kapitän sagte, indem er Eugen einen Brief
reichte:

„Sehen Sie hier die Ursache, warum Sie mich
zu solcher Zeit in diesem Zimmer treffen, obwohl ich
wirklich, auch ohne diesen Brief, einiges Recht zu
haben glaube, zu jeder Stunde mich hier einzufin-
den, da es unglücklicher Weise von dem dort be-
wohnt ist."

Hiebei deutete der Kapitän auf den schnarchen-
den Svante.

Eugen erhob den Kopf und machte dem Kapitän
eine stumme Verbeugung, als er den Brief aus dessen Hand nahm.

Eduard setzte sich ihm gegenüber, beschattete die
Augen mit der Hand, betrachtete hinter diesem Schirm
Eugens Angesicht, während derselbe den Brief las,
und suchte den Eindruck der wenigen Worte, die er
enthielt, zu entdecken.

Eugen, schon vorher bleich, wurde beinahe asch-
grau, und ein Zucken des Schmerzes fuhr ihm durch
die Glieder. Gleichwohl standen in dem Brief der
Mutter nur die Worte:

„Eugen, denke an Deine Mutter!"

Klar stand nun vor seinem Gedächtniß der Augenblick, wo er die Mutter gebeten hatte, mit diesen
Worten ihn zu warnen, wenn es nöthig werden
sollte. Lebhaft erwachte wieder die Erinnerung an
ihr Gespräch, an seiner Mutter Schilderung von seinem Charakter, an die Unruhe, womit sie von seinen Fehlern gesprochen hatte, welche, wie sie fürchtete, ihn Verführungen aussetzen würden, denen er
keinen Widerstand zu leisten vermöchte. Wie hatte
er damals ihr das Gegentheil versichert, und jetzt
— jetzt — hatte er alle seine Vorsätze vergessen,
und sie — mußte nun davon.

Es lag etwas unsäglich Bitteres in dem Gefühl
der Schaam, welches ihn ergriff, wenn er bedachte,
wie viel Unruhe und Sorge die Kenntniß von seinem unordentlichen Leben ihr ohne Zweifel verur-
sacht hatte.

Er saß unbeweglich, wie eine Bildsäule, da und
starrte die paar Worte an. Er schien ganz und
gar die Gegenwart des Kapitäns vergessen zu haben.

Als dieser eine lange Weile ebenso unbeweglich
wie Eugen seinen Sitz behauptet hatte, stand er auf.

„Ich verlasse Sie jetzt," sprach er, „werde mich
aber morgen wieder einfinden, um diesen da in die
Kur zu nehmen."

Damit deutete er wieder auf Svante.

Als Dernskjölb auf die Thüre zuging, folgte

ihm Eugen einige Schritte und sagte mit unsicherer
Stimme:

„Ich wünschte noch eine Frage an Sie zu richten, Herr Kapitän."

„Ich stehe zu Ihren Diensten."

„Wie befindet sich meine Mutter?"

Seine Stimme zitterte.

„Sie ist sehr unruhig und tief betrübt über die
Gerüchte, welche ihr von hier aus zugekommen sind.
Ich kann Sie jedoch versichern, daß diese Gerüchte
Nichts übertrieben haben. Diese Entdeckung machte
ich schon gestern bei meiner Ankunft hier. Gute
Nacht."

Eugen war nun allein — allein mit seinen von
der Trunkenheit und schmerzlicher Betrübniß konvul-
sivisch erregten Sinnen. In diesem Zustande konnte
er nicht an Schlaf denken. Er begann im Zimmer
auf- und abzugehen, um wenigstens durch Bewegung in sich selbst das Gleichgewicht einigermaßen
herzustellen.

Die Nacht verging und der Tag begann zu
grauen; aber noch setzte er seine unruhige Wande-
rung fort. Endlich, da es beinahe voller Tag geworden, warf er sich völlig erschöpft auf das Bett
und schlief ein.

XVI.

Es hatte eben zehn Uhr geschlagen, als die Thüre
zu Eugen's und Svante's Zimmer aufging und der
Kapitän eintrat. Eugen war gerade aufgestanden,
Svante schlief noch.

8*

Er ist noch nicht erwacht, wie ich merke," sagte der Kapitän, nachdem er Eugen, der bei seinem Anblick eröthete, begrüßt hatte.

„Ein schönes Leben das hier," sezte der Kapitän mit einem höhnischen Lächeln hinzu; „den Tag in die Nacht verwandeln und die Nacht in Völlerei zuzubringen. Ein hübsches Leben, wahrhaftig! Und das Geld, welches es kostet, vollkommen werth.

Er näherte sich Svante, ohne scheinbar zu beachten, wie Eugen die Farbe wechselte und den Kopf sinken ließ.

„Svante," rief der Kapitän, indem er seinen Neffen an der Schulter faßte und heftig schüttelte.

„Schieb Dich zum Teufel!" rief dieser, ohne die Augen zu öffnen, „und laß mich schlafen. Was willst Du denn von mir?"

„Ich will, daß Du sogleich aufstehst," antwortete der Kapitän in befehlendem Ton.

Der Laut dieser Stimme wirkte kräftig auf Svante, denn er öffnete die Augen und setzte sich aufrecht. Als er seines Oheims gerunzelte Stirne und finstern Blick wahrnahm, sprang er aus dem Bett und rief:

„Du hier, Onkel!"

„Ja, ich bin gekommen, um zu sehen, welche großen Fortschritte Du auf der Bahn des Wissens gemacht hast."

Die ernst geschlossenen Lippen des Kapitäns kräuselten sich zu einem ironischen Lächeln.

Svante brach in ein lautes Gelächter aus. Er warf sich auf einen der Stühle und antwortete:

„Das kommt darauf an, wie man die Sache

eben nimmt, Siehst Du, Onkel, ich studire die prak-
tische Seite des Lebens."

„Ja, das Kneipenleben," fiel der Kapitän ein
und setzte sich Svante gegenüber, welcher ganz unbe-
fangen eine Cigarre anzündete.

„Will man die Welt, die Menschen und den
Lebensgang kennen lernen, so muß man Alles und
überall studiren," entgegnete Svante mit großer
Ruhe.

„Aber Du wirst vielleicht entschuldigen, wenn
ich Deine Studienweise minder zweckmäßig finde."

Svante nickte bejahend und anstandsvoll mit dem
Kopf. Der Kapitän fuhr fort:

„Deßgleichen wirst Du entschuldigen, daß ich
hieher gekommen bin, um Deine interessanten Studien zu unterbrechen und Dich von hier fortzu-
nehmen."

„Belieben Sie sich zu erinnern, Herr Oheim, daß
ich mündig bin."

„Ganz richtig und daß Du über all Dein Eigen-
thum frei disponiren kannst, ohne Dich von Jemand
kontroliren zu lassen," bemerkte der Kapitän ironisch.

„Das Unglück ist nur, daß ich über Nichts als
Schulden disponiren kann. Dieses Dispositionsrecht
will ich ohne Bedauern auf denjenigen übertragen
welcher die Gabe anzunehmen Lust hat."

„Möglicher Weise findet sich dennoch Jemand,
welcher sich dazu herzugeben geneigt wäre; aber
natürlich auf gewisse Bedingungen hin. Du siehst
wohl ein, daß es ohne solche nicht angeht."

„Das ist mir vollkommen klar. Und wenn dieselben billig sind, bin ich natürlich auch erbötig, darauf einzugehen."

„Höre," sprach der Kapitän ernstlich, „der Unverschämtheit ist es jetzt genug. Vernimm nun, was ich Dir zu sagen habe. Du hast wie ein ausschweifender Gesell gelebt, und ich habe aus unverzeihlicher Schwachheit Deiner Mutter Bitten nachgegeben und Dich hier ein Semester nach dem andern bleiben lassen, obwohl Du Nichts gethan hast. Jetzt muß das ein Ende haben. Du hast Geld genug verschwendet, und sofern Du noch auf mich rechnen zu können hoffest, ist es mein bestimmter Wille, daß Du sogleich Upsala verlässest und auf immer den Studien, die Du niemals betrieben hast, absagst. Dein unordentliches Leben, Deine verderbten Sitten lassen deshalb nichts mehr von Dir erwarten, und darum bleibt Dir nur eine Wahl: sogleich Upsala zu verlassen und im Frühjahr zur See zu gehen, oder Deinem Schicksal Dich preisgegeben zu sehen. Du weißt, daß ich Wort zu halten pflege."

Svante hatte den Kopf auf die Hand gestützt und schien über die Worte seines Oheims nachzudenken. Als der Kapitän schwieg, antwortete er, ohne seine Stellung zu verändern.

„Ich wünschte, Onkel, daß Du mir Bedenkzeit gäbest."

„Die sollst Du haben," erwiederte der Kapitän, indem er seine Uhr zog. „Es ist jetzt halb eilf; Schlag Zwölf erwarte ich Dich, und da wirst Du mir Deine Antwort geben."

„Aber, Onkel, nur anderthalb Stunden, um für das ganze Leben einen Entschluß zu fassen."

„Höre, wenn ein Mensch in Gefahr ist, zu er-
trinken und Du reichst ihm die Hand zur Hülfe, dann
bedarf er gewiß keine Sekunde Bedenkzeit. — Du
bist ein solcher Mensch, welcher im Begriff steht, in
die bodenlose Tiefe des Lasters zu versinken. Ich
reiche Dir meine Hand, aber ich stelle es Dir frei,
ob Du untergehen, oder Dich retten lassen willst.
Dazu bedarf es nicht vieler Minuten, scheint mir,
und dennoch erhältst Du von mir deren beinahe ein
Hundert."

Damit entfernte sich der Kapitän.

„Ja, der hat gut reden, der," rief Svante und
setzte sich auf den Rand des Bettes. „Ich soll zur
See, ich mag wollen oder nicht; denn kein vernünf-
tiger Mensch wird behaupten können, daß mir noch
eine Wahl bleibt. Oder nennst Du es eine Wahl,
mich zwischen das Seeleben, wo ich der Gefahr ausgesetzt bin, von den Haifischen gefressen zu werden,
und zwischen das Universitätsleben zu stellen, wo
die Gläubiger mich zu verschlingen drohen?"

Mit diesen Worten warf er sich auf das Bett
zurück.

„Mir scheint, Dein Oheim hat Recht," fiel Eugen
mit düsterer Miene ein.

„Du würdest wahrscheinlich anders denken, wenn
es Dir gälte; aber sieh, Du bist ein Muttersöhn-
chen und bleibst ganz ruhig da sitzen, im Bewußtsein, unser lustiges Universitätsleben unbeschwert fort-
setzen zu können. Aber ich, ich armer Teufel muß
Seemann werden, ich mag wollen oder nicht."

✻   ✻   ✻
✻

Am Abend erschien der Kapitän wieder bei Eugen, welcher einsam in dem dürftigen Zimmer über einem Buche saß.

„Störe ich vielleicht?" sagte der Kapitän.

„Durchaus nicht."

„Der Grund, warum ich hieher komme, ist der, daß ich wünschte, Sie nähmen an einer kleinen Collation Theil, welche mein Neffe heute Abend seinen Kameraden zum Abschied gibt. Er ist eben damit beschäftigt, sie zusammenzubringen."

„Ich danke. Aber ich habe mir ein Gelübde gethan, an keinem Trinkgelage mehr Theil zu nehmen."

„Wann haben Sie das gelobt?"

„Heute Nacht."

„Gut; aber es ist hier von keinem Trinkgelage die Rede. Sie können also, ohne Gefahr, Ihre Vorsätze zu übertreten, bei der Zusammenkunft sich betheiligen. Svante reist morgen von hier ab, und Sie werden nicht der Einzige sein wollen, der bei dem Abschied fehlt, welchen er seinen Kameraden gibt."

„Ich werde mich einfinden."

XVII.

Das Zimmer des Kapitäns war einige Stunden später hell erleuchtet und voll junger Leute. Man schwazte, man rauchte, man scherzte; aber Alles mit der Zurückhaltung, welche eine natürliche Folge von der Gegenwart des Kapitäns war..

Eine dampfende Bowle wurde hereingebracht,

worauf man um den großen runden Tisch Platz nahm.

Man trank auf des Kapitäns Gesundheit. Ohne scheinbar auf Eugen Acht zu geben, folgte dieser ihm aufmerksam mit den Augen; er sah, daß sein Glas unberührt stehen blieb. Als die Stimmung aufgeräumter wurde, nahm der Kapitän das Wort:

„Wenn ich Sie so versammelt sehe, so erinnere ich mich wieder der kurzen Zeit, die ich selbst hier verweilte. Zu meinem nähern Umgang gehörte damals ein Jüngling, der jetzt todt ist. Man nannte ihn allgemein „„den Sohn der Wittwe"", und besonders hat sich meiner Erinnerung fest eingeprägt, was ich von seiner Mutter erzählen hörte."

„Das ist gewiß eine sehr interessante Geschichte. Haben Sie die Güte, dieselbe zu erzählen," sagte ein Student.

„Gern," antwortete der Kapitän. „In einer der nördlichen Provinzen wohnte eine Wittwe mit ihrer einzigen Tochter. Die Mutter war von strengem, stolzem Charakter und von herrschsüchtiger Gemüthsart. Frühzeitig Wittwe und der Armuth preisgegeben, erschwerte sie sich ihre einsame Lage und ihre traurige Stellung noch durch die unnatürliche Strenge und Unbeugsamkeit ihres Charakters.

„Die Armuth war für sie das größte aller Uebel, und Jahre lang hatte sie nur einen Wunsch, einen Zweck, nämlich ihre Tochter einmal reich zu verheirathen.

„Die Tochter war von der Natur mit ungewöhnlichen Geistesgaben ausgerüstet; sie fand jedoch wenig Gelegenheit, dieselben auszubilden. Der größte

Theil ihrer Zeit ging damit hin, daß sie ihre Mutter
bei dem Unterricht in einer kleinen Mädchenschule
zu unterstützen hatte. Man kann sich leicht vorstellen, wie die lebhafte und wißbegierige Ina — so
wollen wir sie nennen — sich durch die einförmige,
die Geduld auf eine so harte Probe stellende Be-
schäftigung, kleine Kinder das ABC zu lehren, beschwert fand.

„Dazu kam, daß der strenge, beinahe harte Charakter und das fast gefühllose Herz der Mutter ihr
die Heimath kalt und wüste machte; dessen unge-
achtet bezeigte sie sich immer als eine gute und ge-
horsame Tochter.

„In derselben Stadt und demselben Hause, wohnte
ein Rathsherr, der seinen Schwestersohn bei sich hatte
und wie sein eigenes Kind erzog. Der Rath war
zwar nicht reich, gab aber seinem Neffen eine gute
Erziehung. Dieser, den wir Gotthard nennen wollen,
erhielt, nachdem er das Gymnasium absolvirt hatte,
eine Anstellung als Hilfslehrer in der Schule der
Wittwe. Von ihm empfing nun Ina in den Freistunden Unterricht in denjenigen Gegenständen, welche
ihr bisher noch gänzlich fremd gewesen waren. Der
Jüngling und das Mädchen faßten schnell eine lebhafte Zuneigung zu einander.

„Als er abzog, um eine Stelle bei einem Hütten-
werk zu übernehmen, gelobten sie einander ewige
Treue.

„Sie zählte sechszehn, er zwanzig Jahre; beide
standen somit in einem Alter, wo man an die Un-
veränderlichkeit dessen glaubt, was man hofft und
sich in glücklichen Träumen von der Zukunft wiegt.

„Auf dem Wege an seinen neuen Bestimmungs-
ort besuchte Gotthard seinen um zehn Jahre älteren
Bruder, welcher Wittwer war und durch Beerbung
seiner Frau und deren frühzeitig verstorbene Kinder ein großes Vermögen erlangt hatte.

Gotthard vertraute dem Bruder seine Neigung
an, schilderte ihm seine Geliebte und erhielt von ihm
das Versprechen, im Fall sie in vier Jahren einander noch liebten, ihn in den Stand zu setzen, sich zu
verheirathen. — Wir wollen diesen Bruder Kapitän
nennen.

„Gotthard reiste ab, nachdem er dem Kapitän
die Hand darauf gegeben hatte, Ina von der Hülfe,
die er ihm verheißen, Nichts wissen zu lassen. Kurz
darauf unternahm der Kapitän eine Reise in die
kleine Stadt, wo Ina wohnte, um sie zu sehen und
kennen zu lernen.

„Die Folge davon war, daß er selbst eine heftige
Liebe zu dem Mädchen faßte, und als er sah, daß
alle seine Bemühungen, deren Neigung zu gewinnen,
fruchtlos waren, wandte er sich an die Mutter. Durch
tausend kleine Artigkeiten gelang es ihm, sie ganz
und gar für sich einzunehmen und die Verbindung von
seinem Bruder und Ina, wovon die Mutter bisher
noch gar keine Kunde gehabt hatte, als die größte
aller Thorheiten darzustellen.

„Die Wittwe, welche ihre ganze Hoffnung, ihre
Lage verbessert zu sehen, auf eine Heirath ihrer
Tochter gesetzt hatte, hielt derselben ihr Verhältniß
zu Gotthard in scharfen Worten vor und erklärte
ihr zugleich, daß sie niemals auf ihre Einwilligung
dazu rechnen dürfte.

„An Gotthard schrieb sie einen ernsten Brief, worin sie ihm zu wissen that, daß jeder Briefwechsel zwischen ihrer Tochter und ihm aufhören müßte, und daß er niemals sich auf Ina's Hand Hoffnung machen dürfte.

„Nun trat der Kapitän als Freier auf, aber Ina wies troß aller Bitten, Thränen und Drohungen der Mutter seinen Antrag ab.

„Unbekannt damit, daß ihre Mutter an Gotthard geschrieben hatte, verwunderte sich Ina über dessen Stillschweigen und litt deshalb tief im Herzen. Inzwischen verfiel ihre Mutter in eine schwere Krankheit und schwebte mehrere Tage zwischen Leben und Tod. Unter dem Kampfe mit ihren Schmerzen und beim Anblick der in Thränen aufgelösten Tochter, entriß die Mutter ihr das Versprechen, den Kapitän heirathen zu wollen. Ina gab dieses Versprechen, um deren letzten Willen zu erfüllen. Und die Mutter wurde darüber ruhiger. Sie bildete sich ein, zu der glücklichen Zukunft ihrer Tochter beigetragen zu haben, sofern diese nun eines reichen Mannes Frau werden sollte.

„Gegen alles Vermuthen erholte sich die Mutter wieder; aber diese Besserung war nur eine scheinbare; denn ihre Krankheit war unheilbar tödtlich. Dieß bewirkte, daß sie ihrer Tochter Verehelichung beschleunigte.

„Genug, der Kapitän wurde mit Ina vermählt. Eine Stunde nach der Trauung traf Gotthard in der kleinen Stadt ein, um sich nach Ina zu erkundigen, da er von Allem was sich bisher zugetragen hatte, Nichts wußte.

„Das Zusammentreffen der Brüder war sehr stürmisch, und nur Jna's offene Erklärung, daß sie aus freiem Willen dem Kapitän die Hand gereicht hätte, konnte Gotthards Zorn eine andere Richtung geben. Er wandte sich jetzt von dem Bruder gegen Jna. Aber da erklärte die Mutter, daß die Tochter nur ihrem Befehle gehorcht hätte.

„Jna wurde demnach mit einem Mann verheirathet, den sie nicht liebte, ein Opfer des Eigennutzes ihrer Mutter.

„Sie trat in den Ehestand, ohne daß die Mutter nur einen Augenblick die Aufmerksamkeit der Tochter auf die Pflichten lenkte, welche sie hiemit übernommen hatte. Sie war ein unwissendes und unerfahrnes Kind von siebzehn Jahren, welches nun so plötzlich in eine Gattin und Hausmutter umgewandelt wurde.

„Wäre Jna eine der gewöhnlichen modernen Frauen von gutem Kopfe gewesen, so würde sie es gleich diesen unter ihrer Würde gehalten haben, als ein freies und denkendes Wesen sich in die häuslichen Tugenden hineinzuarbeiten, sie würde darüber nachgegrübelt haben, wie sie es anstellen könnte, um sich der natürlichen Sphäre frauenhafter Thätigkeit zu entziehen, über die verkümmerte Stellung der Frauen und die Ungerechtigkeit, womit sie von der Gesellschaft behandelt wurden, deklamirt haben. Das Resultat hievon wäre ein beständiger Streit zwischen beiden Eheleuten gewesen. Und die Sache würde damit geschlossen haben, daß Jna mit einigen Schriften über die Emancipation der Frauen und über die Art und Weise, wie ihr Geschlecht von dem Joch

der Sclaverei erlöst werden könnte, an die Oeffent-
lichkeit getreten wäre.

„Aber Jna besaß viel zu viel wirkliche und über-
legene Bildung des Verstandes und Herzens, um
sich solcher Phantastereien, die im Grunde von nichts
Anderem, als der höchsten und gröbsten Unwissen-
heit Zeugniß geben, schuldig zu machen.

„Hätte das junge unaufgeklärte Mädchen sich
denselben überlassen, so wäre dieß ganz verzeihlich
gewesen, da sie niemals ein Wort von den Pflichten,
welche das Leben ihr auferlegte, vernommen hatte.
Aber der angeborne Jnstinkt von dem, was recht
ist, sagte ihr, daß sie nur in dem Bestreben, sich
mit den neuen, ihr zufallenden Pflichten völlig ver-
traut zu machen, ihre Zufriedenheit suchen und finden
dürfe.

„Nach der Hochzeit wurde es mit der Mutter
schlimmer und schlimmer, und daraus folgte, daß die
neuvermählte Jna die ersten Wochen ihres Ehestan-
des an dem Krankenbette der Mutter zubrachte. Mit
bewundernswerther Zärtlichkeit und Sorge pflegte
sie eine Mutter, welche ihr selbst niemals Zärtlichkeit und Liebe bewiesen hatte. Treu und ergeben
saß sie an dem Lager der krittlichen und unruhigen
kranken Frau.

„Durch Lesen in der Bibel und durch Unter-
redung mit dem Geistlichen, welcher ihre Mutter besuchte, verschaffte sie sich in dieser Prüfungszeit eine
klare Einsicht in die Natur ihrer neuen Stellung
und der Pflichten, welche damit verbunden waren,
und nach dem Tode der Mutter folgte sie ihrem
Mann in die neue Heimath, nicht als ein gedanken-

loſes Kind, ſondern als eine ernſte, überlegſame
Frau.

„Man hätte glauben ſollen, daß ein Mann, dem
ein ſolches Kleinod zugefallen war, auch wiſſen würde,
deſſen Werth zu ſchätzen und mit Zärtlichkeit und
Liebe das junge warmherzige Weſen zu umfaſſen,
deſſen Beſchützer er als Gatte ſein mußte. Aber
nein; der Mann, der ſeinem Bruder das Verſpre-
chen gebrochen, der ihn um ſein Glück beſtohlen
hatte, war aus lauter Egoismus zuſammengeſetzt,
ſo daß nichts Gutes von ihm zu erwarten ſtand.

„Die Frau war in ſeinen Augen weiter Nichts,
als ein Beſitzthum von ihm, eine Leibeigene, die er
unterdrücken und moraliſch peinigen konnte, ſo viel
ihm beliebte, ohne daß weder ein Geſetz noch ein
Menſch damit zu ſchaffen hatte.

„Er wurde eiferſüchtig, wie jeder Egoiſt, welcher
auf die eine oder andere Weiſe, aber gegen deren
Neigung, ſich eine Frau gewonnen hat. Er mußte,
daß ſie niemals ſeine Gattin hatte werden wollen,
daß ſie ſeinen Bruder geliebt hatte, und dieß konnte
er ihr nicht verzeihen. Selbſt unſittlich und ohne
allen Begriff von Achtung vor den Pflichten, welche
er gegen ſeine Frau zu üben ſchuldig war, glaubte
er ſie jeder verwerflichen Handlung fähig.

„Die neue Heimath wurde für ſie ebenſo düſter
wie die alte. Ihr Gatte war ein ſelbſtſüchtiger,
hartherziger Mann, der ſie bald auf das Grauſamſte
mißhandelte.

„Ohne Verwandte, ohne Freunde, ohne irgend
ein Weſen, welches ſeine Stimme zu ihrer Verthei-
digung erheben konnte, war ſie ſeiner ungerechten

und lieblosen Behandlung völlig preisgegeben. Zu gleicher Zeit wollte er aber dennoch mit seiner jungen, schönen und liebenswürdigen Frau glänzen, und so machte er dieselbe dadurch, daß er sie die theuersten Kleider tragen ließ, das prächtigste Haus in der ganzen Stadt führte, zu einem Gegenstand des Neides für die Frauen, der Bewunderung für die Männer.

„Die Geburt eines Sohnes brachte in ihres Mannes Benehmen und Handlungsweise keine Veränderung hervor.

„Nachdem dieser Mann sieben Jahre ihr Henker gewesen war, starb er und hinterließ Frau und Kindern ein höchst unbedeutendes Vermögen.

„Die Frau, noch in der Blüthe ihrer Jugend, schön, geistvoll, liebenswürdig, erlöst von einer im höchsten Grade unglücklichen Ehe, widmete nun ihr Leben ausschließlich der Pflege und Erziehung ihrer beiden Kinder.

„Nachdem sie über ein Jahr Wittwe gewesen, bewarb sich Gotthard, welcher durch Erbschaft ein reicher Mann geworden war, um ihre Hand. Aber sie schlug seinen Antrag aus. Sie entsagte dem Glück der Liebe, dem Reichthum und allen den Genüssen, welche er verschaffen kann; sie entsagte allen Freuden und Bequemlichkeiten des Lebens, nur deßhalb, weil Gotthard ihre Kinder nicht leiden mochte, den Anblick ihres Sohnes nicht ertrug, und Ina wollte ihren Kindern keinen Stiefvater geben, die Pflicht, sie selbst zu erziehen, sich nicht nehmen lassen; sie wollte ihnen nicht Geschwister geben, welche der Zärtlichkeit eines Vaters theilhaftig waren, während jene einer solchen entbehren mußten. — Sie opferte Alles für die Mutterliebe.

„Von dem siebenten Jahre des Sohnes, bis er Student wurde, und selbst nach dieser Zeit noch, stand sie jeden Morgen in aller Frühe auf, um durch Handarbeit sich die Mittel zu seiner Erziehung zu verschaffen. Seine erste Lehrerin war sie selbst.

„Nun wohl, meine jungen Freunde, was sagen Sie dazu? Würde wohl Einer unter Ihnen, im Fall er eine solche Mutter gehabt hätte, es über sich bringen, eine einzige Stunde bei einem Trinkgelage oder leerem Zeitvertreib zu verschleudern? Gibt es wohl Einen unter Ihnen, welcher zum Lohn für so viele Leiden, für so große Liebe ihr den bittersten aller Schmerzen, der eine Mutter treffen kann, nämlich den, ihr Kind dem Laster und der Ausschweifung sich hingeben zu sehen, je verursachen möchte?"

Der Kapitän hielt an und schaute sich um. Auf den Gesichtern der Jünglinge war ein Ausdruck von Scham zu lesen. Endlich brach ein Student das Stillschweigen, indem er sein Glas faßte und ausrief:

„Die Wittwe und ihr Sohn sollen leben, denn ich hoffe, daß er einer solchen Mutter Ehre gemacht hat. Ich fühle lebhaft, wäre ich an seiner Stelle gewesen, ich hätte es wahrlich gethan."

Alle ergriffen ihre Gläser, um auf den ausgebrachten Toast zu trinken, als ein „Halt Kameraden!" von Eugen ihnen Einhalt that.

Der Kapitän richtete einen scharfen Blick auf Eugen, welcher unnatürlich bleich war. Er hatte

ben Kopf erhoben, aber es lag kein Ausbruck von
Stolz in der Art und Weise, wie er ihn trug, son-
bern etwas Edles und Entschlossenes.

„Du irrst Dich," sprach er, „der Sohn der
Wittwe machte ihr keine Ehre, denn dieser Sohn
bin — ich!"

„Du!" riefen die Kameraden.

„Ja, ich — der mit leichtsinnigen Vergnügungen,
Ausschweifungen und lärmenden Trinkgelagen alles,
was jene Mutter unter Nachtwachen und Mühen
erspart hatte, verschwendete; — ich, der mit eben
bem Frevelmuthe wie ihr leben wollte, weil Eitelkeit und Eigenliebe ihm nicht gestatteten, offen sich
für einen armen Burschen zu erklären. Diese
elenden Beweggründe haben mich bahin gebracht,
eine Mutter, welche ihr ganzes Leben für mich
aufopferte, zu vergessen, und auf die undankbarste
Weise ihre Liebe zu lohnen. Kameraden, ich ver-
biene Eure Achtung nicht, und wir trinken barum
nur auf die Gesundheit der Wittwe, und nicht auf
die ihres Sohnes."

Alle leerten ihre Gläser. Die Gesundheit wurde
schweigend getrunken.

Dann fuhr Eugen fort:

„Und nun, Kameraden, vernehmt das Gelübbe,
das ich mir selbst thue. Ich schwöre auf Ehre und
Gewissen, daß dieß das letzte Glas ist, welches ich
leere. Bis zu dem Tage, da ich mit Ehren meine
akademische Laufbahn beschlossen habe, soll kein anberer Tropfen, als Wasser, über meine Lippen kommen."

„Brav gesprochen!" rief man rings herum.

„Du bist ein wackerer Bursche, Ulrici. Und darum trinken wir noch Eins auf den Sohn der Wittwe."

Einer der jungen Leute wandte sich nun zu dem Kapitän und hob sein Glas in die Höhe mit den Worten:

„Und nun die Gesundheit des edeln Erzählers, welcher durch Mittheilung der Geschichte von der Wittwe den Beweis geliefert hat, daß er das Herz der Jugend kennt."

Hierauf ergriff Svante sein Glas und rief:

„Und nun, lebt wohl, Kameraden. Habt Dank für alle frohen Stunden, die nun vorüber sind, denn ich bin verurtheilt, meinen Durst mit Salzwasser zu löschen; aber kehre ich wieder, dann lade ich Euch Alle zu einem donnernden Gelage ein, und wenn ich einmal meine eigene Schüte habe, so wollen wir an Bord meines Fahrzeugs trinken aus Herzensfreude. Laßt uns mit einem Abschiedsgesang schließen, dann wollen wir scheiden."

Die lustige Stimmung war aber verschwunden, und Svante's heiterer Trinkspruch wurde mit Stillschweigen aufgenommen.

Das Herz der Jugend ist allen Eindrücken zugänglich, und gelingt es, sie von den Thorheiten loszureißen, welche die ersten Verirrungen kennzeichnen, und mit Ernst die edlern und bessern Instinkte anzuschlagen, so ist man immerdar gewiß, daß dieselben wenigstens eine Zeit lang die niedrigen Leidenschaften überstimmen.

Ob diese Eindrücke Dauer haben oder nicht, das hängt von dem ungleichen Charakter der Individuen und von den äußern Umständen ab.

9 *

XVIII.

Alle Gäste des Kapitäns waren nach Hause gegangen, und er hatte Svante merken lassen, daß sie am folgenden Tage abreisen würden.

Eduard Dernskjöld saß, in seinen Schlafrock gehüllt, an dem Kamin. Da klopfte es an die Thüre, und ein Mann trat ein, übergab dem Kapitän ein Billet und entfernte sich wieder, ohne auf eine Antwort zu warten. Als Eduard das Billet geöffnet und mit den Augen durchlaufen hatte, stieß er einen Ruf der Ueberraschung aus, warf seinen Schlafrock ab und stand bald völlig angekleidet zum Ausgehen da.

In einem der kleinen unbehaglichen Zimmer in einem Gasthause von Upsala saß an demselben Abend auf dem Sopha dem Fenster gegenüber eine Frau von etlichen dreißig Jahren. Sie stützte die bleiche sorgenvolle Stirne auf die Hand, und den Elnbogen auf einen kleinen, vor ihr stehenden Tisch. Aus dem unruhigen Gesichtsausdruck ließ sich abnehmen, daß sie einen Besuch erwartete. Endlich ließen sich Schritte auf der knarrenden Treppe hören, die Thüre ging auf, und Eduard Dernskjöld trat ein.

„Sie hier, Madame? Und doch hatten Sie mir versprochen, meine Rückkehr abzuwarten."

„Ach, Sie wissen nicht, was mich zu dieser weiten Reise gezwungen hat. Glauben Sie mir, ich befand mich in einer solchen Angst, daß ich nicht daheim bleiben konnte. Ich mußte hieher, um Kla-

zu erkennen, was ich zu thun hatte. Haben Sie meinen Sohn gesehen?"

„Es ist noch keine Stunde, daß ich mich von ihm trennte."

„Und wie haben Sie ihn gefunden?" fragte Nina — denn sie war es — indem sie ihre Hände an die Brust drückte, um den unruhigen Schlag des Herzens zu hemmen.

„Beruhigen Sie sich um Gotteswillen, Madame. Ich kann Sie auf Ehre und Gewissen versichern, daß ich mit Ihrem Sohne vollkommen zufrieden bin."

Nina seufzte tief auf, und die Thränen, welche in ihren Augen zitterten, fielen nieder auf ihre Hände.

„Darf ich wagen, Ihnen zu glauben?" stammelte sie. „Aber wie soll ich dieses Alles verstehen? Sehen Sie hier, welche Nachrichten ich erhalten habe."

Mit diesen Worten reichte sie ihm einen Brief.

Der Kapitän setzte sich neben sie auf den Sopha und sagte, während er den ihm dargebotenen Brief öffnete:

„Ich versichere Sie, daß Sie keinen Grund zur Unruhe mehr haben."

„Ich fürchte, Sie wollen mich nur schonen. Lesen Sie meines Schwagers Brief und Sie werden sehen."

„Auf Kosten der Wahrheit, Madame, schone ich niemals, denn ich habe gefunden, daß aller Trost, welcher zum Zweck hat, den wahren Sachverhalt zu verhehlen, ein elender und unwürdiger Trost ist."

Der Kapitän las nun Gotthards Brief. Dieser theilte Nina darin mit, daß er von verschiedenen Kaufleuten in Upsala wegen einer Menge Schulden, welche Eugen gemacht habe, angegangen worden sei, und daß die Gläubiger seines Neffen sich an ihn gewandt haben, weil Eugen ihnen das Versprechen gegeben, sie sollten von seinem Oheim Bezahlung erhalten. Er halte es für seine Pflicht, Nina darüber aufzuklären, daß ihr Sohn ein ausschweifender und sittenloser Jüngling sei, für welchen weitere Opfer zu bringen ganz unrecht wäre. Dennoch wolle er erforderlichen Falls seine Schulden bezahlen, doch halte er für das Beste, Eugen einige Zeit für seine Sünden büßen zu lassen. Inzwischen sah er die Sache so an, als ob alle Hoffnung verloren wäre, und gab Nina den Rath, ihn zur See zu schicken, da dieser Ausweg allein noch offen stände.

Als der Kapitän den Brief gelesen hatte, sagte er nicht ohne ein bitteres Lächeln:

„Gotthard fällt es schwer, Eugen zu verzeihen, daß Sie ihn selbst um Ihrer Kinder willen geopfert haben. Darum ist er so übel auf Ihren Sohn zu sprechen und sieht Alles so schwarz."

Nina sah den Kapitän erstaunt an, worauf dieser, als er es bemerkte, noch hinzusetzte:

„Sie verwundern sich darüber, daß ich von seiner Bewerbung weiß. Ei, Madame, Sie haben mir ja selbst seine Geschichte erzählt. Aber lassen Sie uns wieder auf Eugen kommen."

„Ach ja!"

Der Kapitän erzählte ihr nun, daß er bei seiner Ankunft in Upsala seinen Neffen und Eugen aufge-

sucht und sie in einem Keller, in einer jener lärmenden Gesellschaften, wo die Zeit zwischen Würfel-
spiel und Trinken getheilt wird, aufgefunden habe.
Er suchte die Schilderung nicht zu mildern, sondern
hielt sich streng an die Wahrheit. Er beschrieb ihr
die Wirkung der Worte, welche er Eugen gesagt,
und den Eindruck, welchen Nina's wenige Zeilen
hervorgebracht hatten, so wie endlich den Auftritt,
welcher bei der Mittheilung von Nina's Geschichte
erfolgt war.

Nina hörte ihm mit einer Miene zu, als ob
sie in jedem kommenden Worte ihr Todesurtheil erwartete.

Als der Kapitän geschlossen hatte, faßte sie seine
Hand und dankte ihm mehr mit den in Thränen schwim-
menden Augen, als mit den Lippen.

Es trat eine kurze Pause ein, denn Nina war
allzu bewegt, als daß sie sprechen konnte. Endlich
nahm sie wieder das Wort.

„Glauben Sie wirklich, daß Eugens Vorsatz ernstlich gemeint ist, und daß er zu einem ordentlichen
Leben zurückkehren wird?"

„Ja, Madame, das glaube ich ganz entschieden.
Die Hauptsache ist nun, seine Angelegenheiten in
Ordnung zu bringen. Eugen ist zu dieser Lebensweise großentheils durch meinen Neffen Svante verleitet worden, und darum habe ich mir vorgenommen,
seine Schulden zu bezahlen und es mir in Zukunft
allmälig von ihm ersetzen zu lassen."

„Herr Kapitän, ich bin von Ihrem edelmüthigen
Anerbieten, dessen ganze Zartheit ich anerkenne, tief
gerührt, aber gleichwohl muß ich es ablehnen."

„Und warum? Sind Sie zu stolz, um diesen
kleinen Dienst von mir anzunehmen?"

„Gewiß nicht; aber ich wäre eine schwache Mutter, wenn ich es thäte, eine Mutter, die in ihrer
Anhänglichkeit nicht berechnete, daß ihr Sohn, um
die ganze Schwere der von ihm begangenen Fehler
tief genug zu empfinden, auch die Folgen davon tragen muß. Nein, Eugen soll selbst arbeiten, um zu
bezahlen, was seine Thorheiten gekostet haben. Er
ist arm, und das hat er vergessen. Nun wohl, jetzt
ist es Zeit, daß er sich daran erinnere. Was die
Kosten seines Aufenthalts auf der Universität betrifft,
so werde ich diese wie bisher für ihn bezahlen, aber
die Schulden, welche er gemacht hat, muß er dadurch abarbeiten, daß er während der Ferien in
irgend eine vorübergehende Kondition zu kommen
und selbst in der Studienzeit durch Privatunterricht
Etwas zu verdienen sucht."

„Aber dieß wird zwei Uebelstände mit sich bringen; fürs Erste, daß es mit seinen Studien viel
langsamer geht, und zweitens werden Sie ihn dann
in der Heimath gar nicht zu sehen bekommen."

„Das ist wahr, aber es wird für die Zukunft
ihn lehren, welche betrübenden Folgen es hat, wenn
man sich von seinen Leidenschaften regieren läßt.
Wären Sie nicht gewesen, Herr Kapitän, so hätte
er sich selbst helfen müssen, und es hieße sehr un-
überlegt verfahren, wenn ich ihn so leichten Kaufs
den Folgen der von ihm begangenen Fehler ent-
schlüpfen ließe. Wissen Sie, wozu eine solche Schwachheit führen würde? Zu weiter nichts, als daß er,
eben weil er die Bitterkeit seiner Verirrungen nicht zu

koften bekam, auch leicht wieder in diefelben zurück-
fallen könnte."

„Sie find eine feltfame, bewundernswerthe Frau,
denn Sie zeigen fich nicht blos als eine zärtliche
und liebevolle Mutter, fondern auch als eine kluge
und ftarke Schützerin von dem wahrhaften Wohl
Ihres Kindes. Aber Eugens Gläubiger werden ihm
keine Ruhe laffen, und das Murren derfelben wird
fchmerzlich auf fein Gemüth einwirken und felbft
feine Kräfte abftumpfen."

„Darin können Sie Recht haben, aber nichts defto
weniger muß Eugen die Koften feiner Verfchwendung
und die Ausgaben, die ihm fo wenig Ehre machen,
felbft bezahlen."

„Nun wohl, fo geftatten Sie mir, daß ich mich
für ihn verbürge."

„Nein, Herr Kapitän, nicht einmal diefe Mil-
berung darf ich zugeben; nur mit feinen Gläubi-
gern mögen Sie reden, damit fie ihm erlauben,
feine Schulden allmälig zu bezahlen, und nicht allzu
hart zufetzen. Aber Sie müffen mir Ihr Ehren-
wort geben, ihm nicht durch eine Bürgfchaft irgend
welcher Art die Bezahlung erleichtern zu wollen."

„Sie zeigen eine fpartanifche Strenge," fagte der
Kapitän lächelnd.

„Ach, Herr Kapitän, in manchen Fällen wäre es
recht gut, wenn wir die fpartanifchen Erziehungs-
principien zum Mufter nähmen," erwiederte Nina
mit wehmüthigem Lächeln. „Glauben Sie jedoch
nicht, daß ich Ihren Edelmuth fo ganz unbenützt zu
laffen gedenke. Ich habe ein Bitte an Sie."

„Ich werde mich ebenfo ftolz als glücklich füh-

len, Madame, jeden Wunsch von einer so hochge-
sinnten Frau wie Sie zu erfüllen."

Nina verneigte sich leicht und fuhr mit jenem
bezaubernden, milden und liebenswürdigen Ausdruck,
welcher ihr so eigenthümlich war, fort:

„Ich wünsche wohl, Ihr Lob zu verdienen, aber
leider bin ich weder so hochgesinnt noch so bewun-
dernswerth, als Sie von mir glauben. Ich bin
recht und schlecht nur eine etwas stolze Frau, welche
das Bewußtsein nicht ertragen könnte, ihre Pflichten
nicht nach besten Kräften erfüllt zu haben. Ueberdieß treibt mich die Liebe zu meinen Kindern, nach
bester Ueberzeugung zu handeln. Glauben Sie, daß
es eine Mutter gibt, so mangelhaft ihre Erziehung
auch gewesen sein mag, welche nicht den Wunsch
hegte, ihre Bemühungen gelingen zu sehen?"

„Das glaube ich sicherlich, wofern das Resultat
von selbst', ohne all ihr Zuthun, käme. Aber Madame. lassen Sie mich nunmehr hören, in welcher
Hinsicht ich Ihnen von Nutzen sein kann,"

„Sie sagten, Sie haben Freunde in Upsala.
Wollten Sie nicht durch dieselben meinem Sohn
einige Schüler, oder, wenn es möglich wäre, eine
Stelle als Informator verschaffen?"

„Ich will mir alle Mühe geben und hoffe, daß
es gelingen soll."

„Ich danke Ihnen," sagte Nina und reichte ihm
die Hand.

„Bewilligen Sie mir jetzt auch eine Bitte!"

„Recht gern."

„Besuchen Sie Eugen nicht eher, als bis wir
uns morgen Vormittag wieder getroffen haben."

„Das verspreche ich, warum wünschen Sie es?"

„Erlauben Sie mir, Ihnen das morgen zu sagen."

„Aber versetzen Sie mich nicht in die Nothwendigkeit, die traurige Freude, meinen Sohn wieder zu sehen, allzulang hinauszuschieben zu müssen. Ach! Sie begreifen wohl, wie theuer er unter allen Umständen und bei allen seinen Fehlern mir noch immer ist!"

„Sie sollen nicht lange warten dürfen."

XIX.

Es war noch nicht acht Uhr Morgens, als der Kapitän vor der Thüre von Svante's und Eugens Zimmer stand. Er gedachte eben dieselbe zu öffnen, als er Svante's Stimme vernahm und einen Augenblick, um zu horchen, stehen blieb.

„Ja, Du Eule, jetzt sollst Du zur Strafe für Deine Grobheit von gestern um Bedienung und Feuerung bei uns kommen. Du kannst nun Deinen Kaffee selbst trinken, Du Drache, und was schlimmer ist, Du bekommst keinen Heller Trinkgeld. Wollte ich nach Recht verfahren, so gäbe ich Dir noch eine ordentliche Tracht Prügel zur Strafe dafür, daß Du uns Lumpenkerle gescholten hast, aber ich will meine Hand nicht damit beschmutzen, daß ich Deinem Alteweiberfell nahe komme. Jetzt hast Du Deine Bezahlung erhalten und damit marsch."

Im nächsten Augenblick wurde die Thüre aufgerissen und Brita buchstäblich dem Kapitän in die Arme geschleudert.

Als er dieß bemerkte, brach Svante in ein so heftiges Gelächter aus, daß er sich setzen mußte.

„Was ist das für ein Leben?" sprach der Kapitän, wenig erfreut, auf so unerwartete Weise ein weibliches Wesen in seinen Armen zu finden.

Brita erschrack und begann nun sich über ein solches Verfahren aufzuhalten. Svante konnte vor Lachen kein Wort hervorbringen. Der Kapitän drückte der tief beleidigten Jungfrau Brita einen kleinen Bankzettel in die Hand, gebot ihr zu schweigen, und trat dann in das Zimmer, welches er hinter sich verschloß.

„Das ist ja ein sauberes Leben; trinkst Dich Abends voll und legst Morgens Hand an Frauen," sprach der Kapitän ernst.

„Ich lege Hand an sie; nein, pfui Teufel, Oheim, dazu habe ich gewiß keine Lust, dazu ist sie viel zu garstig. Uebrigens, lieber Onkel, mußt Du dieses Ungeheuer keine Frau nennen, oder Dir einbilden, ich habe Hand an sie legen wollen, da ich als artiger junger Mann der Alten nur zur Thüre hinaushalf."

„Willst Du mit Deinen Unverschämtheiten schweigen," fiel der Kapitän streng ein.

„Du hast Unrecht, dich über mich zu ärgern, Oheim, denn ich bin ein närrischer Kerl und sonst nichts; ein rascher, kräftiger Bursche, ganz passend für das Seeleben."

„Wohl, wohl; willst Du jetzt so gut sein und Dich ruhig verhalten; mein Besuch gilt nicht Dir. Du wirst Dich um eilf Uhr bei mir einfinden, dann wollen wir weiter reden. Für jetzt habe ich Eugen Etwas zu sagen."

„Soll ich das Zimmer verlassen?" fragte Svante in seinem unverbesserlichen scherzenden Tone.

„Das ist unnöthig."

Der Kapitän wandte sich zu Eugen, welcher mit einem aufgeschlagenen Buch vor sich am Tische saß.

„Es wäre mir lieb, Eugen, wenn Sie mir Gesellschaft leisten wollten; ich habe Etwas mit Ihnen zu sprechen," sagte der Kapitän.

Einige Augenblicke darauf wanderten der Kapitän und Eugen über die Brücke nach der Carolina rediviva.

„Wenn Sie mit einverstanden sind, mein junger Freund," sagte der Kapitän unterwegs, „so frühstücken wir zusammen. Ich habe Ihnen Etwas mitzutheilen."

Sie gingen weiter bis zu dem Gasthaus.

„Ich habe hier oben ein Zimmer bestellt."

Mit diesen Worten stieg er die Treppe hinauf; Eugen folgte ihm. Als sie vor Nina's Thüre standen, öffnete der Kapitän schnell dieselbe und schob Eugen hinein.

„Mama!" rief dieser und stürzte vorwärts; aber plötzlich blieb er stehen, ohne daß er wagte, sie zu umarmen.

„Eugen, mein geliebter Sohn," flüsterte Nina mit halberstickter Stimme und schloß ihn an ihr Herz. Eugen schlang hastig seine Arme um sie, und ein unterdrücktes Schluchzen hob seine Brust.

An den Thürpfosten gelehnt, eine Thräne in seinem klaren Auge, betrachtete der Kapitän sie einige Augenblicke; dann schlich er unbemerkt davon.

Als Nina sich sanft aus ihres Sohnes Armen

los machte und sich umsah, war der Kapitän fort.
Sie reichte ihrem Sohn die Hand mit den Worten:
„Komm' und setze dich zu mir, Eugen; es ist
mir, als ob wir einander nach so langer Trennung
viel zu sagen hätten."

Eugen führte der Mutter Hand an seine Lippen.

„O, meine geliebte, theure Mutter. Du weißt
nicht, wie sehr ich mich vergangen, wie tief ich Dich
gekränkt habe, dadurch, daß ich mich einem Leben
hingab, welches D e i n e s S o h n e s unwürdig war.
Ach! ich fürchte, wenn Du wüßtest, wie schuldig ich
bin, Du würdest mich nicht so, wie es eben geschah,
umarmt haben.

„Ich kenne Deine Verirrungen," antwortete Nina;
„ich weiß Alles. Eine Mutter beweint die Fehler
ihr Kinder, aber sie verzeiht, denn sie liebt."

„O, meine Mutter, Deine Güte und Deine Nachsicht enthalten eine bittere Anklage, da ich fühle,
daß ich beide nicht verdient habe. Vorwürfe würden mir viel weniger schmerzlich gewesen sein," stammelte Eugen tief gerührt.

„Eugen, laß uns nicht mehr von der Vergangenheit reden, halten wir uns vielmehr an die Gegenwart. Welchen Entschluß hast Du für die Zukunft
gefaßt, mein Knabe?"

„Mama, ich habe mir vorgenommen, durch strenge
und anhaltende Arbeit die verlorne Zeit hereinzu-
bringen und für die nächsten Ferien mir eine Hauslehrerstelle zu suchen."

„Es freut mich, so Dich reden zu hören; aber
wie soll es mit deinen Schulden gehen?"

Nina betrachtete ihren Sohn aufmerksam. Eine

dunkle Röthe bedeckte seine Stirn, und er ließ das gebeugte Haupt noch tiefer sinken.

„Ich, mein Sohn, kann bei dem besten Willen von der Welt sie nicht bezahlen."

„Ich würde vor Scham und Gewissensqual sterben, wenn ich zu den Anklagen, welche mein Herz gegen mich erhebt, noch die fügen müßte, daß, durch meinen elenden Leichtsinn Deine Sorgen meine geliebte Mutter, noch vergrößert worden sind. O, wenn ich daran denke, wie ich in meinem Wahnsinn verschleudert habe, was Du unter Nachtwachen viele Jahre hindurch für meine Studien zusammengespart hast, da könnte ich Blut weinen. Tausendmal lieber wollte ich als einfacher Taglöhner arbeiten, als mir sagen, daß Du durch Verpfändung Deines kleinen Besitzthums meine Schulden bezahlen müßtest."

„Es würde mich auch tief geschmerzt haben, wenn ich bei Dir eine andere Denkart gefunden hätte; Du weißt, wie sehr ich Dich liebe, und doch würde diese Liebe mich niemals verleitet haben, Deine Schulden zu bezahlen. Nein: Alles, was ich thun kann, ist, daß ich auch fernerhin Deine nothwendigen Ausgaben auf der Universität bestreite: Dir kommt es dagegen zu, durch eigene Arbeit so viel zu verdienen, daß Du, was Deine Lustbarkeiten gekostet haben, bezahlen kannst. Darum mußt Du eine Hauslehrerstelle suchen. Dieß wird zwar Deinen hiesigen Aufenthalt etwas verlängern, aber mit Arbeitsamkeit und gutem Willen kann noch Alles gut gehen. Nicht wahr, mein Sohn?"

„Ach, wenn ich nur nicht denken müßte, daß jeder

Tag, den ich hier verlebte, ein Entbehrung für Dich einschließt."

„Keine Klage, Eugen! Bedenke, die Reue offenbart sich am besten dadurch, daß wir durch unsere Handlungen, was wir gefehlt haben, gut zu machen suchen. — Kapitän Dernskjöld wollte Deine Schulden einstweilen ins Reine bringen und sich von Dir in Zukunft dafür bezahlen lassen."

„Ach, Mama, das würde meine Bemühungen bedeutend erleichtern," fiel Eugen ein und schaute mit einem Hoffnungsstrahl im Auge zu ihr auf.

Nina sah ihn mit bekümmertem und liebevollem Blick an und antwortete:

„Ja, es würde Deine Rückkehr zur Arbeit und zu einem ordentlichen Leben erleichtert haben, aber ich lehnte sein edelmüthiges Anerbieten dennoch ab. Ich wollte nicht, daß mein Sohn einer andern Hülfe, als seiner eigenen bedürfte, um die Folgen seiner unbedachten Handlungen zu tragen. Ich wollte den Trost haben, mir selbst sagen zu können: ‚Mein Sohn hat durch eigene Arbeit jede Spur seiner Verirrungen vertilgt, ohne dabei eines andern Beistandes, als seines festen Willens zu bedürfen. Es wäre für mich eine grausame Demüthigung gewesen, wenn ich auf Deine Rechnung hin die Hülfe einer fremden Person hätte in Anspruch nehmen müssen, und ich hielt es für ausgemacht, daß Du selbst nicht für eine Unterstützung zu danken haben wolltest, welche zu dem Glauben hätte Anlaß geben können, daß Du ohne sie nicht im Stande gewesen wärest, ein ordentlicher und fleißiger Jüngling zu werden. — Hätt

ich mich geirrt? Oder hat mein Sohn ebenso viel
Stolz wie seine Mutter?"

„O, meine theure Mutter!" rief Eugen, vor ihr
auf die Kniee fallend, und faßte ihre beiden Hände.
„Wie wahr beurtheilst Du meine Lage! Ja, ich
will arbeiten, Tag und Nacht, um mit eigener Kraft
meine Fehler wieder gut zu machen und Deiner würdig
zu werden!"

Nina umarmte ihn herzlich, während sie unter
Thränen flüsterte:

„Gott segne Dich, mein Kind!"

XX.

Wir haben uns lang genug in der gelehrten
Stadt aufgehalten, welche den allen Städten gemein-
samen Fehler hat, mehr oder minder langweilig zu
sein; denn langweilig sind sie alle.

Wir wollen uns dadurch wieder erquicken, daß
wir in dem kleinen, aber gemüthlichen Ackersberg
einen Besuch machen.

Die Novemberwinde heulten um die Ecken des
Hauses. In dem Ofen des großen, geräumigen Ge-
sellschaftszimmers brannte ein munteres Feuer. Vor
dem Ofen stand ein Tisch, um welchen drei junge
Mädchen herumsaßen. Olga befand sich etwas seit-
wärts und spann an einem Rocken mit zwei Spin-
deln. Thekla war mit Notenschreiben beschäftigt,
und Elma legte eben die letzte Hand an einen brau-
nen Sammethut, welchen sie für sich verfertigt hatte.

„Schau' her, Olga," rief sie; „ist mein Hut nicht

vielleicht ebenso schön wie der Deinige, obwohl ihr alle behauptet, ich würde niemals im Leben damit zu Stande kommen; sieh' nur, wie gut er sitzt; wie hübsch die Rosette rechts sich ausnimmt."

Sie hob den Hut in die Höhe und wandte ihn, um die Prüfung zu erleichtern, nach allen Seiten herum.

Olga drehte den Kopf nach der Schwester herum und betrachtete den Hut; Thekla erhob die Augen von den Noten.

„Nun, ist er nicht schön?" fragte Elma.

„Er ist recht schön, und Du hast alle Ehre von Deiner Arbeit. Das Einzige, was ich zu bemerken habe, ist, daß die Rosetten etwas zu kokett aussehen," sagte Olga.

„Kokett? Ja, da steckt eben der Knoten; ich will durchaus nicht, daß sie so symmetrisch dastehen, wie die Deinigen. Nein, es soll etwas Ungezwungenes, Originelles daran sein. Was hältst Du davon, Thekla?"

„Ich glaube, daß der Hut, so wie er ist, für Dich paßt; aber daß er für Olga nicht passen würde," erwiederte Thekla lächelnd.

„Und der Grund?" fragte Olga.

„Zu Deinem ruhigen, milden und gesetzten Wesen paßt das Symmetrische und streng Ordentliche im Anzug; aber Elma, mit ihrer Lebhaftigkeit, würde spaßhaft aussehen, wenn sie sich so wie Du kleidete. Sie muß Etwas haben, das ein wenig besonders aussieht, und wenn es auch in der Anordnung an das Nachlässige und Uebertriebene streifte," antwortete Thekla.

„Du bist göttlich, kleine Thekla!" rief Elma, sprang mit dem Hut in der Höhe auf, tanzte um den Tisch herum auf Thekla zu, schlang den freien Arm um ihren Hals und küßte sie; dann ließ sie dieselbe ebenso schnell wieder los und rief mit einem Ausdruck von Unruhe:

„Herr Gott, wie das heute bläst, und die Tante ist noch nicht zu Hause?"

„Ich habe schon lang mit Beben gehört, wie es draußen stürmt," sagte Olga. „Die Tante wird doch nicht bei solchem Wetter unterwegs sein." Sie ließ von dem Spinnen ab und horchte von Neuem auf das Heulen des Windes.

„Mir war es ganz unmöglich, heute Abend zu arbeiten," fiel Thekla ein, „so sehr habe ich die ganze Zeit Angst gehabt. Gott bewahre, daß Mama in diesem Wetter nicht draußen ist."

„Ja, ich habe wohl bemerkt, daß Du Stunden lang dasaßest und auf den Sturm hörtest, ohne die Hand vom Fleck zu bringen," sagte Olga und begann wieder zu spinnen.

„Aber, Mädchen, warum sollen wir uns beunruhigen? In ihrem letzten Briefe sagt uns ja Tante, daß ihre Angelegenheiten sie noch einige Tage aufhalten werden und wir uns deßhalb keine Sorgen machen dürfen. Ganz gewiß kommt Sie nicht vor Samstag oder Sonntag heim," sagte Elma. „Entsetzlich dringende Geschäfte müssen es gewesen sein." setzte sie hinzu und begann wieder an ihrem Hut herum zu zupfen — „welche die Tante bestimmen konnten, die weite Reise in die Hauptstadt zu unter-

10 *

nehmen. Ich möchte wissen, was es wohl sein kann."

Olga spann fort und schwieg. Thekla antwortete:

"Mama brauchte Geld und beabsichtigte, solches auf unser kleines Ackersberg aufzunehmen."

"Und deßhalb reiste sie nach Stockholm?" bemerkte Elma, indem sie Thekla mit einem eigenthümlichen forschenden Blick ansah.

"Mama hat uns ja so gesagt."

"Glaubst Du wirklich, daß dieß die einzige Ursache war?"

"Nein, das glaube ich nicht."

"Nun, was glaubst Du denn, daß der Grund zu dieser plötzlichen Reise war?"

"Eugen," antwortete Thekla.

Jetzt sprang Elma wieder vom Stuhl auf, schleuderte den Hut weit weg und rief:

"Er wird doch nicht krank sein? — Der Brief, welchen die Tante erhielt, und welcher sie zur Reise bestimmte, war vielleicht eine Nachricht, daß Eugen gefährlich krank darnieder lag. Erinnert ihr euch noch, wie bleich sie wurde, als sie ihn gelesen hatte. Mein Gott! Mädchen, denkt, wenn Eugen krank wäre?"

Elma schlug mit dem Ausdruck der größten Angst die Hände zusammen.

"Mama's letzter Brief war von Upsala, und darin schrieb sie, daß Eugen sich wohl befinde und uns grüßen lasse," fiel Thekla ein; aber ihre niedergeschlagene Miene schien den tröstlichen Worten zu widersprechen; deßhalb faßte sie Elma heftig am A..e und sagte:

„Aber Du glaubst nicht daran? Du glaubst, daß Tante uns nicht beunruhigen will und deßhalb die Wahrheit verschweigt. Mädchen, was habe ich gedacht, daß ich nicht schon früher darauf gekommen bin? — Gott im Himmel, wie kann ich nach Upsala gelangen? Wie kann ich mit all dieser Angst es nur aushalten?"

„Liebe Elma, sei doch nicht so heftig! Wäre Eugen gefährlich krank gewesen, so hätte sich die Tante nicht die Zeit genommen, einen so langen Brief zu schreiben, und es würden sich da und dort im Brief Ausdrücke von Unruhe gefunden haben; nun aber war der Ton heiter und zufrieden," sagte Olga.

„So sagst Du, mit Deinem ewigen Phlegma," rief Elma; „aber ich — ich, welche nicht leben könnte, wenn Eugen stürbe, ich —"

„Still, da fährt Etwas!" rief Thella, und mit einem Sprung war sie an der Thüre und auf der Hausflur.

„Nun, Liebe, wer ist es?" fragte sie Debora, welche von der Küche gleichfalls auf die Hausflur kam.

„Mir war, als hörte ich die Stimme von Anders; es ist gewiß die Frau," antwortete die Alte und öffnete die Hausthüre.

An Thella und Debora vorüber stürzte Elma, schnell wie ein Wirbelwind, hinaus vor die Thüre.

„Tante, geliebte Tante, wie steht es mit Eugen?" rief sie mit bebender Stimme.

„Gut, mein Kind," antwortete Nina, welche mit

Anders' Hülfe eben im Begriff war, aus dem Wagen zu steigen.

„Gott sei gelobt!" tönte es aus dem Munde der drei Mädchen, und sie führten Nina im Triumph in das Wohnzimmer.

„Du lieber Himmel, wie naß Sie sind?" rief Debora.

„Es sollte mich nicht wundern, wenn Sie sich bei einem solchen Herrgotts-Wetter recht erkältet hätten. He, Thekla, gib mir den nassen Mantel, dann will ich ihn hinaustragen. Sie muß durchaus etwas Warmes zu sich nehmen, das arme Kind!"

Sobald man Nina den Pelz abgenommen, und Debora mit Olga's Beihülfe den Theetisch in Ordnung gebracht hatte, nahmen alle um das Feuer herum Platz, um die Freude zu genießen, die von allen so hoch geliebte Nina wieder in ihrer Mitte zu haben. Debora hatte sich in eine Ecke am Ofen gesetzt, während man plauderte und Thee trank.

„Nun, liebe Tante, erzähle uns, wie es mit Eugen steht. Kommt er zu Weihnachten heim? Sieht er noch aus wie sonst? Sehnte er sich nach uns? Ist er krank gewesen? Ist —"

„Halt ein, Mädchen, sonst bekomme ich allzu viele Fragen zu beantworten. Eugen kommt wahrscheinlich auf Weihnachten nicht nach Hause, denn er muß eine Stelle annehmen."

„Und warum soll er das?" fragte Elma lebhaft. „Er ist im Sommer nicht zu Hause gewesen, und nun soll er auch zu Weihnachten nicht heim kommen! Das ist allzu grausam! Was braucht er Stellen!"

„Ja, das braucht er, und es ist mein Wunsch, daß er es thut."

„Dein Wunsch?" fragte Elma und sah Nina zweifelnd an.

„Ja, mein Eugen ist ein armer Junge und muß selbst zu seinem Unterhalt beitragen; aber in den Sommerferien kommt er hieher."

„Es ist lang bis dahin," seufzte Elma.

„War er gesund?" fragte Olga.

„Vollkommen gesund und guten Muths. Er läßt Euch alle herzlich grüßen."

„Gedenkt er meiner noch?" fragte Thella mit einem schüchternen Erröthen.

„Ich habe Briefe von ihm an jede," erwiederte Nina und redete noch lang von Eugen, ohne mit einem Wort der eigentlichen Ursache, wodurch sie zur Reise bestimmt worden, zu erwähnen, und die Mädchen waren weit entfernt, Etwas davon zu ahnen.

„Der Kapitän auf Warnäs und ich, wir haben die Reise von Upsala her in Gesellschaft gemacht," bemerkte Nina weiter. „Er hat sich dorthin begeben, um Svante heimzuholen."

„Ist Svante daheim? Soll er nicht mehr studiren?" fragte Olga.

„Nein; er will zur See gehen. — Von Karl kann ich Dich grüßen. Er kommt zu Weihnachten hieher."

Olga lächelte und erröthete.

XXI.

Eine Woche nach Nina's Wiederkehr, gerade als alle Bewohner von Ackersberg mit Wursten beschäf-

tigt waren und die Mädchen mit allem Eifer Speck
und Fleisch schnitten, kam des Kapitäns kleiner Schlit-
ten im Hofe angefahren.

„Der Kapitän von Warnäs ist hier, Tante,"
sagte Olga, welche ihren Platz gerade vor dem Kü-
chenfenster hatte. Die Andern blieben, ohne sich durch
diese Worte irgend erschrecken zu lassen, unbeweglich
auf ihrem Platze, und machten sich Nichts daraus,
wenn auch der Kapitän sie in voller Arbeit finden
sollte. Sie waren nicht gelehrt worden, sich zu
schämen, wenn man bei einer häuslichen Beschäf-
tigung sie beträfe, und sahen darum auch nicht so
verlegen aus, wie es wohl bei andern Mädchen zu
geschehen pflegt, die in einer solchen Situation sich
befinden. Mit ihren großen weißen Leinwandschür-
zen und mit den um den Kopf gebundenen baum-
wollenen Halstüchern sahen sie recht häuslich und
gemütlich aus.

Nina, gerade so ausstaffirt und in voller Thätigkeit an einem Schweinskopf befindlich, befahl Debora,
den Kapitän in das Gesellschaftszimmer zu weisen,
und begab sich dann, nachdem sie Schürze und Hals-
tuch abgelegt hatte, zu ihrem Gast hinein.

„Ich komme wohl recht ungelegen und störe Sie,"
begann der Kapitän.

„Das hat Nichts zu bedeuten. Ein Gast, bei
welchem ich in einer großer Schuld der Dankbarkeit
stehe, kann niemals ungelegen kommen."

„Ich danke Ihnen. Der Ursachen, die mich hie-
her führen, sind es drei. Fürs Erste komme ich als
Karls Fürsprecher und schlage vor, daß die jungen
Leute sich auf Weihnachten verloben und gegen den

Sommer heirathen. Ich habe Karl in eine Lage
gesetzt, daß er, ohne wegen der Zukunft besorgt zu
sein, Olga wohl auffordern kann, Lust und Leid mit
ihm zu theilen."

„Gegen diesen Vorschlag habe ich Nichts einzu-
wenden, und ich glaube, auch Olga wird es zufrie-
ben sein."

„Gut. — Nun zu ber zweiten Ursache meines
Besuchs. Ein Brief von Gothenburg, den ich heute
erhalten habe, meldet mir, daß mein Bruder in England mit Tod abgegangen ist und zwei vater- und
mutterlose Kinder hinterläßt. Er hat einen Englän-
der beauftragt, dieselben mir zuzuführen und in seiner letzten Stunde den Wunsch ausgesprochen, daß
seine Kinder bei unserer Schwester erzogen würden
und ich die Stelle des Vormundes bei ihnen über-
nähme. Da aber seine Angelegenheiten in einiger
Verwirrung zu sein scheinen, so muß ich selbst nach
England reisen. Was die Kinder betrifft, so sind
sie, ein Mädchen von acht, und ein Knabe von neun
Jahren, wohl schon in Gothenburg angekommen und
können deßhalb ehestens hier eintreffen. — Für den
Knaben bedarf ich eines Informators, welcher Englisch versteht. Haben Sie Etwas dagegen, wenn ich
Eugen die Stelle anbiete? — Für mich wäre es
angenehmer, in meinem Hause einen Jüngling zu
haben, den ich kenne, als einen Fremden. Dieß
könnte zugleich insofern von Nutzen sein, als mein
Neffe, wenn er in die Schule nach Upsala soll, Eugen selbst dort als Informator behalten könnte. —
Haben Sie Etwas gegen den Vorschlag, Madame?"

„Im Gegentheil, ich bin Ihnen für dieses freund-

ſchaftliche Anerbieten zu unbeſchreiblichem Danke verpflichtet. Das einzige Bedenken, welches ich dabei
habe, iſt, daß Eugen dabei gezwungen iſt, die Stelle
aufzugeben, welche Sie ihm zu verſchaffen die Güte
gehabt haben."

„Das hätte auf alle Fälle geſchehen müſſen, da
er nur für das Semeſter angenommen worden war."

Man ſprach noch eine Weile von Eugen und
ſeiner Zukunft. Dann fuhr der Kapitän fort:

„Ich habe Ihnen noch einen Vorſchlag zu machen,
Madame. Thekla kommt zweimal in der Woche
nach Warnäs, um bei Herrn Meyer zu ſpielen.
Würden Sie nicht erlauben, daß ſie nach den Muſik-
lektionen ein paar Stunden mit mir Engliſch treibt?
Ich habe mit einem gewiſſen Erſtaunen bemerkt,
daß ſie den brennendſten Eifer zum Lernen hat,
und dieß iſt eine ſo ſeltene Eigenſchaft, daß es meiner Meinung nach ſehr ſchade wäre, wenn ſie den-
ſelben nicht befriedigen könnte. Mir gewährte es eine
Freude und einen Zeitvertreib "

Nina nahm das Anerbieten mit Dank an und
der Kapitän verabſchiedete ſich.

Am Abend, als man das Tagewerk beendigt
hatte und um den Theetiſch, welcher von Debora
zum Lohn für die ausgeſtandene Mühe im Geſell-
ſchaftszimmer hergerichtet worden, verſammelt war,
nahm Nina das Wort:

„Nun, Mädchen, ihr möchtet wohl gerne wiſſen,
was der Kapitän mit mir geſprochen hat?"

„Ach ja!"

„Für's Erſte wünſchte er, daß Olga und Karl —"
Nina hielt an und betrachtete Olga.

„Alle Gedanken an einander sich aus dem Sinn schlagen sollten; war es nicht so?" rief Elma.

„Ganz und gar nicht; er will, daß sie sich verloben, und daß die Hochzeit im Sommer gefeiert werden soll. Was sagst du dazu, liebe Olga?

„Gar nichts. Ich erwarte zu hören, was Du davon denkst, Tante," antwortete Olga, und strickte eifrig an ihrem Strumpfe fort.

„Mir scheint, daß Du in diesem Fall nach der Eingebung Deines eigenen Herzens handeln sollst! und da kein äußeres Hinderniß stattfindet, so halte ich den Vorschlag des Kapitäns für ganz annehmbar."

„Ich sehe die Sache auch so an," antwortete Olga, jedoch ohne aufzusehen.

„Ha, dann haben wir also eine Hochzeit auf den Sommer; ich werde natürlich Brautjungfer, und tanzen wollen wir. Ach, wie lustig!" rief Elma und stieß im Ausbruch ihres Entzückens das Rahmkännchen um.

„Herr Gott, so benimm dich doch ordentlich, Elma," sagte Olga; „Du bist doch zum Entsetzen heftig."

„Und Du unerträglich ruhig und kannst mit der Aussicht auf Deine nahe bevorstehende Hochzeit wegen eines umgeworfenen Rahmkännchens ein gewaltiges Wesen machen."

„Und hätte ich das umgeworfene Kännchen nicht zu rechter Zeit noch gefaßt, so würde die Tante den ganzen Inhalt auf die Kniee bekommen haben," meinte Olga, während sie ruhig den Rahm wieder auflöffelte.

„Nun, was sagte er weiter?" fragte Thekla.

„Er wünschte, daß Eugen —"

„Was?" unterbrach sie Elma. „Er will ihn doch nicht auch etwa verheirathen?"

„Wer kann das wissen," fiel Olga scheinbar schnippisch ein. „Therese Klint ist in Thekla's Alter und gäbe somit eine passende Frau für Eugen."

„Wie Du doch schwatzest. Nein, das ist ganz unmöglich. Was war es, liebe Tante?"

„Wärest Du mir nicht in das Wort gefallen, so wüßtest Du es bereits, mein Kind," antwortete Nina. „Er bot Eugen die Stelle eines Hauslehrers in Warnäs an für —"

„Für wen? Für ihn selbst, oder für den alten Svante?" rief Elma.

„Mein Kind, Du unterbrichst mich unaufhörlich."

„Vergib mir, liebe Tante, ich will meiner Zunge den Zaum anlegen."

Nina erzählte nun, was der Kapitän ihr gesagt hatte. Als sie zu Ende war, riefen Thekla und Elma zu gleicher Zeit:

„Dann bekommen wir Eugen ja auf Weihnachten hieher."

„Ja, meine Kinder, diese Freude wird uns zu Theil. Aber dies ist noch nicht Alles. Er redete noch von einer anderen, und das betrifft dich, Thekla."

Die balb fünfzehnjährige Thekla sah ihre Mutter mit einem fragenden Blick an.

„Der Kapitän hat sich erboten, Dir Unterricht in der englischen Sprache zu geben, ein paar Stunben an den Tagen, da Du des Klavierspielens wegen nach Warnäs kommst. Ist das nicht sehr gefällig von ihm, mein kleines Mädchen?"

Thekla schwieg still.

"Nun, Kind, Du sagst ja gar nichts? Freust Du Dich nicht über die Gelegenheit, die sich Dir darbietet, Deine Kenntnisse zu erweitern?"

"Ich thäte es wohl, wenn —"

"Nun, warum redest Du nicht aus?"

"Wenn es nicht der Kapitän wäre. Ich kann ihn nicht recht leiden," wiederholte Thekla, indem sie vor der Mutter ruhigem Blick die Augen niederschlug.

Es lag etwas ganz Eigenthümliches in Thekla, das zur Folge hatte, daß sie in allem ihrem Reden und Thun altklug erschien. Ihr Körper war klein und unausgebildet, an Wuchs nicht größer, als der eines zwölfjährigen Kindes; das Angesicht bleich und von kränklichem Aussehen; aber die Augen hatten einen so denkenden Ausdruck, waren so klug und voll Verstandes, daß sie eine Tiefe der Seele, die weit über ihr Alter hinausging, verriethen. Dieß im Verein mit einem gewissen Stolz in ihren Bewegungen und der beständig nachdenklichen Haltung ihres Kopfes gab ihr, wie gesagt, etwas Altkluges, was zu der Zahl ihrer Jahre nicht paßte.

"Was hast Du gegen ihn?"

Thekla schwieg. Aber Elma konnte sich jetzt nicht länger halten und fiel ein:

"Das will ich sagen. Thekla ist der Meinung, liebe Tante, Du findest allzu viel Gefallen an dem Kapitän, und er desgleichen an Dir, und ich bin der Meinung, daß Thekla närrische Ideen im Kopf hat.“

„Elma,“ rief Thekla mit glühenden Wangen.

„Still, mein Kind,“ fuhr Elma fort, „ich weiß viel, was Du niemals ahntest. Ich weiß, daß Du die Menschen nicht leiden kannst, für welche Tante sich interessirt. Sie sind Dir eine Qual, und da es hier herum Niemand gibt, als den Kapitän und den Probst, so hast Du einen unüberwindlichen Widerwillen gegen dieselben gefaßt. Ich erinnere mich noch recht lebhaft, wie Du als kleines Kind zu schreien pflegtest, wenn der Probst nur der Tante die Hand küßte, und ich glaubte damals, Du hättest Angst, er würde sie beißen, so daß ich alle mögliche Mühe anwenden mußte, um Dich zu überzeugen, daß der gute Probst keine solche Absicht hatte.“

„Ich vermuthe, Thekla hat einen ganz andern Grund für ihre Abneigung gegen den Kapitän, als den, welchen Elma angibt, oder ist es so, mein liebes Mädchen?“ sagte Nina, indem sie Thekla am Kinn faßte und ihr gesenktes und erröthendes Antlitz emporhob.

Thekla standen Thränen in den Augen, und sie sagte mit einem eigenthümlichen, freimüthigen Ausdruck:

„Mama, Elma hat Recht,“

„Du glaubst also, die Dankbarkeit, welche ich dem Kapitän für alle Freundschaft und alle uns erwiesenen Dienste schuldig bin, werde meiner Liebe zu Dir einigen Abbruch thun?“

„Nein, Mama, das glaube ich nicht; aber es ist Etwas in mir, was mich in üble Stimmung gegen diejenigen versetzt, welche auf die geringste Weise Deine Aufmerksamkeit in Anspruch nehmen. Es ist;

als ob ich beständig fürchtete, Dich zu verlieren; es peinigt mich, einen Fremden in Deiner Nähe zu sehen. So ist es gewesen, so lang ich zurückdenken kann, und so wird es auch wohl immerdar bleiben."

„Nein, mein Kind, wenn Du zu einem klaren Bewußtsein Deines Innern gelangst, so wirst Du diesen Fehler überwinden; denn es ist ein großer Fehler; es ist —"

„N e i d," fiel Thekla heftig ein. „Ja, ich weiß, daß Du es so nennst; aber ich möchte sagen, daß es ein Uebermaß von Liebe zu Dir, Mama, ist."

„Wir wollen nicht mehr davon reden, Thekla, Du bist erregt und außer Standes, Deine Gefühle richtig zu beurtheilen; aber wir wollen den Gegenstand wieder aufnehmen, wenn Du ruhig bist, mein Kind. Laß uns nun von den englischen Lektionen reden. Willst Du darauf verzichten?"

„Nein, das will ich nicht; aber der Gedanke ist mir peinlich, ihm Etwas zu danken zu haben. Gute Mama, jetzt wirst Du wieder böse; aber thue es nicht. Ich will die häßlichen Gefühle, welche mich beherrschen, zu ersticken suchen."

„So ist es recht, mein Mädchen, und ich erwartete nichts Geringeres von Dir. Am Montag also beginnen Deine englischen Lektionen."

„Nun, hatte der Kapitän nicht auch für mich einen Vorschlag zu machen?" rief Elma munter. „Olga gab er einen Mann, Eugen eine Hauslehrerstelle, Thekla einen Lehrer im Englischen. Was ist auf mein Loos gekommen? Doch nicht auch Englisch lernen zu müssen, hoffe ich, denn dazu fehlt mir alle Lust. Die Gelehrsamkeit in allen Ehren, aber sie

ift niemals meine schwache Seite gewesen. Ich bin
ein Sommervogel, der die Freude liebt, scherzt und
tanzt, habe aber einen wirklich panischen Schrecken
vor Allem, was wie Ernst aussieht.

„Auf Dein Loos ist Nichts gefallen, mein kleiner
Wildfang," erwiderte Nina; „er hat nicht einmal
Deinen Namen genannt."

„Hat man je dergleichen gehört! Vielleicht hat er
sogar vergessen, daß ich überhaupt am Leben bin. O!
das erheischt Rache, oder was hältst Du davon, Tante?"

Nina hatte keine Zeit, darauf zu antworten, denn
Debora trat mit einem Korb in der einen, und einem
Käfig in der andern Hand ein.

„Der Kapitän von Warnäs schickt das hieher
mit dem Billet da," sagte sie.

Elma sprang auf und riß Debora den Käfig aus
der Hand, während Nina das Briefchen erbrach und
folgende Zeilen las:

„Madame,
Bei meinem Besuche heute Vormittag vergaß ich,
ein paar Vögel, die ich erhalten habe, mitzubringen.
Da ich kein Freund von solchen kleinen Schreihälsen
bin, so nehme ich mir die Freiheit, Ihnen anheim-
zustellen, ob sie nicht ein Plätzchen unter Elma's
kleinen Lieblingen finden könnten. Hiebei folgt auch
ein Korb mit Obst; und ich hoffe, die jungen Leut
werden ihn sich schon gefallen lassen von ihrem künf
tigen Onkel   Eduard Oernstjölb."

Elma sang und tanzte vor Entzücken über da
Geschenk.

Ende des ersten Bandes.